故事里的中国印象

丹心挥洒新愿

读者原创版编辑部 ○—— 编

甘肃文化出版社

甘肃·兰州

图书在版编目（CIP）数据

丹心挥洒新愿 /《读者》（原创版）编辑部编 . --
兰州 : 甘肃文化出版社，2021.7（2024.12 重印）
（故事里的中国印象）
ISBN 978-7-5490-2016-4

Ⅰ．①丹… Ⅱ．①读… Ⅲ．①纪实文学－作品集－中
国－当代 Ⅳ．① I25

中国版本图书馆 CIP 数据核字（2020）第 100668 号

丹心挥洒新愿

《读者》（原创版）编辑部 | 编

总 策 划 | 马永强
项目负责 | 王铁军　郏军涛

策划编辑 | 王　飞　郭佳美　常鹏飞
责任编辑 | 党　昀
封面设计 | 马吉庆

出版发行 | 甘肃文化出版社
网　　址 | http://www.gswenhua.cn
投稿邮箱 | gswenhuapress@163.com
地　　址 | 甘肃省兰州市城关区曹家巷1号 | 730030（邮编）

营销中心 | 贾　莉　王　俊
电　　话 | 0931-2131306

印　　刷 | 三河市富华印刷包装有限公司
开　　本 | 690毫米×980毫米 1/16
字　　数 | 158千
印　　张 | 15.25
版　　次 | 2021年7月第1版
印　　次 | 2024年12月第2次
书　　号 | ISBN 978-7-5490-2016-4
定　　价 | 69.00元

序言

时光不染，岁月流金。跨过历史的长河，我们追寻火红的足迹，穿过岁月的征程，我们拥抱伟大的时代。

时代，既是源自悠久过去、绵延至今的一段历史足迹，亦是以今为初始、朝蓝图进发的持续进程。发祥于黄河流域的中华文化，孜孜不倦，与时同行，已历经千百春秋，在不同的时期坚守，把握时代命脉，留下深刻烙印。

岁月的时光瓶，为我们沉淀成长的记忆，也为我们记录奋斗的足迹。人生只是弹指一挥间，虽然在时间维度上短暂，但我们不要忘了为自己的时代鼓掌。掌声中，时光的镜头已缓缓拉开，曾经的那些记忆随着时光慢慢浮现。

中华人民共和国成立以来，"扎根黄土地，亦取养于土地，食不可缺"的袁隆平埋首农田，躬耕不懈，以亩产破千的杂交水稻解决了有史以来最为棘手的粮食问题，使广大人民更有气力投身社会主义建设；"年过古稀未伏枥，犹向苍穹寄深情"的"牧星人"孙家栋刻苦钻研航天技术，从"东方红一号"到"嫦娥一号",从"风云气象"到"北斗导航",60多年来在太空升起数十颗星,以熠熠"北斗"为中华、为世界指引方向;"放眼浩瀚海洋,绘出一道道时代航线"的新青年叶聪将"蛟龙"从图纸化作潜海重器,直下千丈探索深海极限,使中国成为继美、法、俄、日之后第5个掌握大深度载人深潜技术的国家;"用愚公精神创造生命奇迹"的八步沙"六老汉"和他们的后人,先后治理荒漠近40万亩,筑成了一条防风固沙的绿色屏障,让风沙线倒退了15公里,有效地遏制了沙进人退的被动局面,他们凝聚的精神脊梁,撑起了八步沙的一片晴空,书写了一段悲壮、豪迈、可歌可泣的故事……

改革开放以来,中华民族逐渐在时代的激流中站稳脚跟,不惧博弈与竞争,屹立于世界民族之林。这盛世辉煌的背后,是无数英杰才俊、星火青年,将青春、血泪尽数挥洒,以愿景梦想绘制祖国蓝图。他们逆着时代洪流,将崇高的理想、追求融入爱国主义精神,以己身诠释着时代命题,代代传承,至于不朽。甘肃文化出版社与读者传媒期刊中心携手打造的"故事里的中国印象"系列丛书,以全方位展现中国共产党成立以来的辉煌成就为出发点,通过讲述大量充满温情、感人肺腑的中国好故事,大力宣传"时代楷模""最美人物"等先进典型,全面展现全国人民齐心协力实现中华民族伟大复兴的历史画卷,展现在党的正确领导下,民族独立、国家富强、百姓安居乐业,中国正式踏上实现民族复兴梦想的伟大征程。本丛书共 10 册，包括《锦绣河山万里》《追寻一缕时光》《丹心挥洒新愿》《盛世绘就梦想》《我为祖国代言》《一生终于一事》《福顺只须修来》《不忘初心归去》《岁月如此多娇》《家国处处入梦》。丛书里的每一本书都从一个小侧面反映中国共产党成立 100 年来祖国大地上的巨大变迁，用一个个温情的小故事来讲述普通人为之奋斗、为之拼搏、为之努力的人生。

《锦绣河山万里》收录了 41 位作者从不同的视角描绘的 41 座不同历史、不同个性的城市发展变迁历程，这 41 座城市各具特色，风格鲜明，映射出那一方水土孕育的独特人文风貌，更体现出国家日新月异的发展变化。

《追寻一缕时光》以大量真实、贴切、温情的经典故事，展现各行各业的代表人物对行业发展及自我生活工作经历的回顾，以小见大，以点到面，展现中华人民共和国发展繁荣的历史画卷。

《丹心挥洒新愿》讲述了祖国建设各条战线上开拓创新的动人事迹，展现了全国人民创新创业、奋发作为的历史画卷。

《盛世绘就梦想》收录 25 位从 1949 年起在各行各业有贡献、有影响、有成就的人物，他们是造就盛世辉煌的践行者和见证者，通过本书我们将引领广大读者一起触摸历史、展望未来。

《我为祖国代言》讲述在海外工作、学习的中国人心怀故土、矢志不渝的爱国情怀，展现一个个奋斗不息的人生历程，一个个充满爱和理解的家庭，讴歌积极向上的人生态度和爱国为家的良好传统。

《一生终于一事》选取《沙漠赤子》《破希望》《来自乡村的寒酸礼物》等35个故事为广大读者展示普通人摆脱贫困，争取幸福生活的奋斗历程。

《福顺只须修来》讲述新时期和谐忠厚、和顺亲睦的中国好家庭，倡导以爱齐家、以德治家的中国好家风。收录有《父亲和书》《外婆这样的女人》《浓淡父子间》《乖小孩》等几十篇带着浓浓亲情且有温度的文章。

《不忘初心归去》选取了三十余篇关于理想、关于奋斗的文章，展现了企业家、科学家、工人、教师等各行各业的人们坚守理想，矢志不渝，最终走向成功人生的故事。

《岁月如此多娇》通过一个个平凡人的小故事，带领读者走进他们的幸福，感受平凡生活中的温暖，展现新时期老百姓幼有所育、学有所教、劳有所得、病有所医、老有所养、住有所居、弱有所扶的幸福生活画卷。

《家国处处入梦》通过一个个渗入灵魂深处的小故事，展现中国人民矢志不渝的爱国爱家情怀，弘扬新时代的爱国主义精神。每个人的灵魂深处对于家国都有不一样的情感，对于军人，家国就是他们保卫的那片边疆；对于农民，家国就是他辛勤耕耘的那块土地；对于作家，家国就是他心中最美好的存在。

忆往昔峥嵘岁月，看今朝锦绣河山。回首中国共产党成立的100年，华夏神州留下了太多的变化奇迹。国家经济快速、平稳、健康发展，曾经的低矮、陈旧已经被眼前的崭新、繁华所取代，绿意婆娑的公园、鳞次栉比的高楼，商贾市集，车水马龙，一派勃勃生机。一个个梦想的实现，一份份成就的辉煌，无不彰显着每个人心中的"中国梦"。

时光恰好，岁月丰盈！让我们和这个时代一起绽放，也伴随着这片神奇土地不断成长。

本社编辑部

2021 年 5 月 20 日

目录 CONTENTS

从"中国制造"到"中国设计"

◎ 一 盈

"中国制造"何时能真正转变为"中国设计"？在"玩"出创意的同时，我们怎样才能"玩"转地球？

设想，当你拆开商品包装，扯出吊牌，几个早已烂熟的字"中国制造"突然变成了"中国设计"；当提及中国，西方人脱口而出的代名词从"世界工厂"突然变成"世界创意基地"……

如同一份憧憬，更是一种期待。然而，现实越来越令人揪心与无奈。近年来，"Made in China"在国际市场因种种原因频繁遭遇退货，一位东莞玩具厂老板甚至因不堪忍受巨额亏损，在工厂内自杀……

一位中国设计师说："这些事件令我们看到了'Made in China'的被动与桎梏。从'制造'到'设计'，已经迫在眉睫。"

这当然不是一个人的声音。2007年12月7日，在北京金融街购物中心，一场主题为"中国原创"的设计展高调开幕，主角是来自全国各地的 15 名"80 后"新锐设计师，主持人为洪晃、刘仪伟。置身于 LV、Dior、Gucci 等世界顶级奢侈品牌及批量生产的工业化产品中，这些由中国设计师们亲手设计制作的衣服、鞋子、漫画、玩偶等原创作品，幽默、轻松并且个性十足。

在媒体笔下，这是一场"年轻创意"与"顶级奢侈"的 PK；在策展人洪晃眼中，这是"中国设计"与国际优秀品牌分享同一个商业空间的大胆尝试；在设计师们的窃窃私语中，名人总算做了回好事！在我们眼中，这是"中国设计"的亮光，尽管微弱，但却值得期待。

WEAkid：从 "Made in China" 中淘金

一天只吃一顿饭，睡三四个小时，这就是王宇的生活常态。因此，

年仅 28 岁，他的肩部便过早劳损，头发也显得稀疏。"既然选择了 WEAkid，只能放弃健康。"他满不在乎地说。

WEAkid 是他一手打造的玩具王国，他是一个不折不扣的 King。关于名字，他自嘲："曾经少不更事、目空一切，认为自己有超能力。于是选择 Weak 这个最虚弱的单词，试图赋予它最强悍的力量。"

王宇曾是一家国企的建筑师，国企名字非常响亮，却是王宇天马行空个性的枷锁与一切痛苦的根源，因为"体制会把人们像温水煮青蛙般活活煮死"。但他始终没有辞职，从一个建筑专业的优等生到一位灰头土脸混日子的国企老职工，他忍耐了6年。

他很累，颓废而憔悴。尽管27岁时便完成亚洲最长最大的单体住宅设计，在投标中毙掉包括黑川纪章、保罗·安德鲁等众多对手，他仍然愤世嫉俗，像过气明星般自怨自怜。直到那一天，一位做音乐的朋友说："在这个年代，怀才不遇的人都是弱智。"

"像狠狠挨了一闷棍。"他比喻，"你觉得你行，你要干，用事实说话，别总是漫天吐泡泡。"

这是2005年的事情。到那一年，他已经收集了十几万元的玩具，把微薄的收入全部砸给了世界各地的玩具商们。"我喜欢代表工业水准的玩具，它是时代的另一种折射。"

然而，令他郁闷的是，当那些玩具们以不菲的身价漂洋过海、抵达手中时，每每拆开包装，他总是被"Made in China"的字样噎得透不过气。"凭什么把辛辛苦苦的血汗钱交给外国人？"天生的叛逆令他习惯逆向思维："外国人通过什么手腕赚走我们的钱？"于是，他开始考察中国玩具市场，了解到中国玩具厂商的利润低得惊人。"一个玩具哪怕只赚一分钱他们也干，因为量大。但是，很多手工作坊主们并不明白，这种方式多么受制于人。"

"为何不做中国人自己的原创品牌？"他思量，"中国有这么多优秀的设计师，这么多双勤劳灵巧的手。"

2006年6月，第一个数字模型在他的电脑中出现：一个网络涂鸦版的小丑形象。"朋友过生日时，我总是用网络涂鸦画一个具有他形象特征的小丑送给他，慢慢便形成系列。"

最初的小丑有一个灰色的背景故事："他是一个纯真的小孩，没有丝毫戒备，皮肤透明，敏感。在粗粝的现实中，这样的孩子注定会四处碰壁。为了保护自己，他脑袋上长出了两个角。"

然而，随着越来越多的人接触到 WEAkid，他惊喜地发现，不同的人赋予了小丑不同的背景故事。孩子们画出天真，快乐的人画出阳光，"愤青"画出挣扎，情侣们画出浪漫……组合在一起，便是一个形形色色的大世界，是一个 TOY KINGDOM（玩具王国）。而这，恰是原创艺术巨大的商业潜力。

为了做出理想的 WEAkid 王国，2006 年，他考察了广东众多玩具工厂，8 天，行程 2000 多公里，终于于 2007 年 5 月从东莞捧回第一套成品。

7 月，他率领的 TOY KINGDOM 团队在世贸天阶疯果创意市集上大出风头。他们第一次穿上 WEAkid Tee；第一次推出 120 厘米高的大 WEAkid；第一次组织涂鸦区；第一次被小朋友们的热情感动到腿软……

9 月，他在中关村步行街举办的"WEAkid 平台玩具设计展"大获成功。12 月，在金融街"中国原创设计展"中，当他为大 WEAkid 挂上 2 万元的价签时，现场一片嘘声："谁当这个傻帽儿?"片刻工夫，第一个"傻帽儿"问世，是刘仪伟。"太棒了，我要送给女儿涂鸦!"他喜欢得合不拢嘴。

……

问他很直接的问题:"赚到钱没?"

"没。砸了有五十多万。"他坦言,"但现在不是关心钱的时候。我所关心的是,品牌美誉度、影响力、收益率。"

身为艺术家,却对市场一样有清醒的感知。"知道变形金刚市场培育了多久? 23 年! 这还不算前期几十年的孵化过程!"

所以,WEAkid 还很"小",中国原创设计还很艰难。但是"天下事有难易乎? 为之,则难者亦易矣;不为,则易者亦难矣。"他摇头晃脑地背诵,付之一笑。

山林:"中国设计"是适合中国人的设计

那天,走在街上,"山林小子"李习斌突然看到一位女士摇曳生姿地走过。女士很阔绰,身上满是名牌。尤其脚底那双高跟鞋,非常名贵,他认出那是一个外国名牌。

"鞋子没问题,很漂亮。她的脚也没问题,也很漂亮。可是搭配在一起就是不和谐,因为那是西方设计师按照西方女性的脚形与腿形设计的,并不符合东方女性的身材。当时真有种冲动,想上前告诉她这一点,但想了想,还是忍住了。"

捧着一杯热可可,他略有些不好意思地讲着,偶尔与坐在身边的女孩相视一笑。女孩叫姚冶,是他的搭档、朋友、同窗兼女朋友。

显然还是一对温和的、安静的、涉世不深的小情侣,刚刚毕业于中央美院，依然保留了校园学子的美好品质，如单纯、阳光、积极、信任……与"新锐设计师"的头衔相比，这些传统品质显得格格不入。

"并非所有设计师都是另类的、反叛的、张扬的。其实越是大师，越内敛、含蓄，比如我们的导师。"

他们的导师便是设计那款镶嵌着中国古代龙纹玉璧造型的2008 年北京奥运会奖牌的肖勇教授。当时，教授把学生分成两个创作团队，一个创作奥运火炬，一个创作奥运奖牌。因为更喜欢火炬，他们选择了火炬组，结果得了第二名。

"山林"问世于 2006 年。那时，他们大三，刚刚确定情侣关系。国庆前夕，两人无意中看到一张设计比赛的宣传海报，主题为"汉字生活"。"海报设计超水准，我们想，海报这么强，比赛应该也不会差。"

于是，就冲着海报，他们报名参赛并开始研究汉字。本都是传统内敛的个性，很快便被博大精深的汉字触动了灵感。"汉字的源头是象形，本来就取自生活。每个汉字偏旁拆分下来，都与生活息息相关，都是一件具有强烈视觉冲击力的艺术作品。"

整整 10 天，他们去木樨园选面料，把自己关在屋里踩缝纫机。当所有的汉字偏旁都用棉麻等面料精心缝制出来后，李习斌长长地吐出两个字："有戏"。

这批作品被命名为"触墨"。因为所有的汉字偏旁都变成了靠垫、坐垫、玩具等家居装饰，可以随手触摸。

他们果然不是盲目自信，"山林"搭档最终摘取了"未来设计师"大奖。"这是我们第一次单独合作，第一次单独获奖。"姚冶快活地说。

2007 年初，在中关村创意市集上，两人用这批获奖作品练摊。"尽管在艺术领域获奖了，可市场领域是否接受？"他们忐忑不安。

幸运的是，市场反响热烈。顾客们好奇于这些看似平常的撇捺竖直等笔画作品，争相购买。或许，在这个几近淡忘汉字的时代，它唤起了中国人内心的某种情愫。"中国人并非一味崇洋，只要达到一定的品质与艺术水准，设计理念触动市场神经，'中国设计'一样有市场。"

对于"山林"而言，2007 年繁忙而充实。他们边找工作，边利用业余时间推出"山林"系列作品，比如皮带、围巾、手套等。选料尽量使用呢、布、棉、麻等环保材料，其中最吸引人的便是"月份手袋"，面料为麻布，图案为月份，号召大家每月换个布口袋，既时尚，又环保。更巧妙的是，在包装方面，他们也极其环保，采用的是纸餐盒。为此，还闹出一个笑话："一次去杂志社送样品，到达时恰好是吃饭时间。当我们掏出纸餐盒，整个杂志社的人都围过来了，以为我们是送盒饭的……"

如今，初涉世事的他们，工作自然异常忙碌。每每下班回家，便是雷打不动的"山林时间"。他们一起设计、探讨、修改、缝制……"一点儿也不累，这是休息、调剂。"

"两人既是情侣，又是同事，发生矛盾怎么办？""那就各创各的品牌。"女孩打趣。男孩赶紧更正:"不不,还是具体问题具体分析。"两人相视而笑。

姿态尽管活泼轻松,内心始终有重压——关于一个中国设计师的责任心。比如此时此刻,坐在 KFC 里,两人无奈地环顾四周:"西方文化的入侵已经令我们丢失自我。现在需要把'中国'找回来,赋予新的时尚气质,做出真正适合中国人的东西。试想,如果每个民族都能够保持自己独特的、合适的艺术设计,这个地球该有多美!"

Laughing Puppet:"我担心'中国设计'被夸大。"

打通唐玮的电话,电话那端,声音很嘶哑。约见面地点时,对方张口便提要求:"一定要能抽烟。""为何?""因为一夜没睡,得靠烟提神。"原来,又赶了一夜的设计。

见面时,果然两个大眼袋。好在年轻,并不影响俊朗外表。他扎耳钉,头发朋克,身上罩着一件棉服。伸手摸摸,面料非常好,做工极其精细。当然,一定出自他的手笔。

"瞎做的,不代表水平。"他郑重提醒,"主要是为了检验这棉暖和不暖和。"原来,神农尝百草,在任何行业、任何时代都有可能发生。

他开始抽烟,一根接一根,表情严峻。问:"你悲观吗?""是的。因为喜欢美好，所以才悲观。"如此回答，令人不觉一怔。

唐玮说自己是典型的四川人，懒惰、安逸、散漫，喜欢享受生活，处在北京这个高速运转的大轮子上，常常感觉疲于奔命。

从小便喜欢观察别人穿衣服，常常痴迷于不同衣服赋予人的不同变化；母亲则是他最早的"Super Star"（超级明星），超级爱打扮，有无数衣服鞋子。即便在今天，也是相当前卫的那种。

"前些年向灾区送温暖，母亲收集了一大包不穿的衣服，兴冲冲地送去，结果却又原封不动地被退回，原因是：衣服太时髦了，不适合灾民，不保暖。"

于是，自幼便立志当服装设计师，渴望有一天在 T 台上被衣着光鲜的模特簇拥着，享受鲜花与掌声。于是，一路努力，从少年宫的艺术生到四川美术学院的大学生直至北京服装公司的设计师，他终于梦想成真。

然而，梦想却很快照不进现实。"在中国，什么是服装设计师？设计在中国服装产业中，到底占多大比重？"他自言自语，"零！中国所谓的服装设计师们，就是不断抄袭、不断拷贝、不断拼拼凑凑的低级工种。"

如同一个天大的骗局，愤怒、沮丧、怀疑、悲伤……他一样未能幸免。两年内，他换了 5 份工作，曾经创下一个月迟到近 30 天的纪录，挣的工资不够倒扣。

"我试了又试，只能放弃。什么最大？不是'机制'，而是'人'。毕竟'机制'服务于'人'。"

2006 年 10 月，他终于挣脱了体制的羁绊，策划了原创品牌"Laughing Puppet",直译为"大笑的玩偶"。他说,我们都是Puppet,灵魂在Laughing。

他主营休闲男装的设计开发,创意大胆个性。因为定义为"艺术""作品",他在面料方面精挑细选,工艺考究几近苛刻。然而,面对工业高速发展时代的产品同质化、高淘汰率、无孔不入的"服装垃圾",他时常感到沮丧。

一天,一位看上去颇有品位的男士来到他的店里,细细观看许久,最终买下一件男装。他奇怪地指着对面的LV专卖店问:"你为何不买LV的?""我可以一口气买下10件LV,但是那能说明什么?"男士反问。

他被"严重"激励。原来,在中国这个所谓"最大的垃圾进口国",并非人人都嗜垃圾,不过是垃圾太多,挡住了人们的视线。于是,更凸显"中国设计"的力量。

然而,他仍然很难释怀。有时,走在千奇百怪的创意市集里,他时常感觉忧心,因为粗劣的东西太多。"不要说与日韩比了,即便是与中国台湾的原创作品做对比,在工艺方面都差了好几档。"

"什么叫创意?往廉价T恤上印几个符号就是创意?抹几道谁也看不懂的线条就叫创意?随手扎几个玩偶就叫创意?唯有心甘情愿令顾客埋单的,才叫好创意。"他认真地说:"希望媒体不要过分夸大'中国设计'。因为,我们还很弱势。"

是耶?非耶?一言以蔽之:路漫漫!

墙缝里的小草

◎ 不见不散

朋友开了一家摄影工作室，生意清淡，好在地处闹市，临窗又是无敌河景，还有免费的 Wi-Fi 和茶水，不利用一下着实可惜。于是，这里成为我们歇脚小聚的绝佳去处。最初，这栋大楼里只有咖啡馆、书吧、培训班、平面设计作坊，去的次数多了，我就留意到，楼中店越开越多，种类也在不断丰富。有次聚会，室内阳光甚好，我懒病发作，不愿下楼吃饭，说楼里要是有家送外卖的就好了。不到半个月，这里还真就开了家餐馆。上周，我去朋友店里，他递过一张优惠券，说是楼上新开了家理发店，请他帮忙做宣传，如果理完发再去隔壁做皮肤护理，还能享受更优惠的折扣。

掐指一算，截至本月中旬，这栋大楼里除了旅馆，你能想到的买卖应有尽有。愿意上 20 层楼消费的客人可不多，但楼中店胜在价格，1000多块钱就能拍一套拿得出手的婚纱照，花20块钱就可以在咖啡馆坐一整天——低价的诱惑，大众无法抵挡。楼中店房租便宜，很多店家没有营业执照，更不用交税，于是降低了成本。我不是鼓励温饱险中求，我只想说，如果创业的成本能够承受，也不会有那么多人去考公务员了。

尽管社会一再鼓励年轻人自己创业，但如果鼓励只是象征性的，恐怕也无济于事。堂弟开了一家蔬菜冷库，摆平各路人马耗费了他大量精力，至于经济投入，我只能说，幸亏他是"富二代"。总之，创业路上的障碍很难荡平。但一些资本和雄心不成正比的年轻人还是拼尽全力，就像生长在墙缝里的小草，不放过任何阳光、雨露，抓住机会，在狭小的缝隙里生长。

因为朋友的关系，我也和一些楼中店的小老板熟悉起来，进而有了深入接触的机会。其中一些人有体面的工作，嘴上说开店不过图个乐子，但还是掩饰不了做一番事业的理想；另一些人是单纯为生活打拼。大家的生意普遍很一般，于是经常聚会，在聚会时又会忍不住谈谈自己的计划。我列席过几次这样的"商业论坛"，听他们分享赚钱的门道。有人甚至倡议，大家一起合作做一本宣传册，把各家的信息都登上去，每家楼中店都放几本，互相宣传，理由是，喜欢在楼中店消费的顾客会愿意知道更多的楼中店……

每次听到这些人高谈阔论，我都很兴奋，因为这样的对话是积极的、明朗的。我生平忍受不了两种人，一种喜欢吹牛，还有一种年纪轻轻就暮气沉沉，貌似参透社会，开口就是托关系、走门路，而这两样我都没有，所以只会深深地绝望。

若干年前，也是一个灰蒙蒙的冬天，眼看就要毕业，我还捧着简历四处兜售自己，心情灰暗可想而知。有一天泡图书馆，我翻到一本《光荣与梦想》，里面有个细节令我印象深刻：20世纪30年代，美国经济大萧条，在如此不利的局面下，一个刚毕业的学生仍旧信心十足地奔波在求职路上，口袋里的几个铜板撞得叮当乱响。年轻人的心态决定着一个国家的活力。今年我遇到了很多这样的青年，无论是做一份微不足道的工作，还是为创业打拼，都很努力地去做，遇到困难没有退缩，而是想尽一切办法去解决。理想主义的信念加上务实的做派，让旁人看了都精神振奋，况且他们并非一无所有，比如时间，比如梦想。

那一年冬天刚结束，我就找到一份工作，虽然在外地，但还是兴高采烈买了站票奔向远方。眼下这个冬天，寒冷的只是天气，年轻人的心依然滚烫，而新的一年，已经悄然开始。

从创意到创业，

他们的成功更多要归因于用心将梦想付诸现实的执行力。

很多时候，每多走一步都会有崭新的机遇。

丹心挥洒新愿 /

慢递：从创意到创业

◎ 林特特

擦亮灵感火花的明信片

赵悦收到一张明信片。明信片发自云南丽江，落款是同事老张，时间却是半年前的某一天。

收到明信片的不只是赵悦。那一刻，北京某投资咨询公司内，七八个年轻人都举着明信片啧啧称奇——这投递速度，实在是慢！

"哪里是快递，分明是慢递嘛！""我看慢递也不错，现在我好像又回到了半年前，听老张谈丽江见闻。"大家七嘴八舌。

这是 2008 年初秋，金融危机呼啸而来，投资市场一片阴霾，这家投资咨询公司的生意也随之清淡。在座的年轻人正苦苦思索哪种投资方式能有效应对金融危机，这张明信片所象征的商机瞬间为他们擦亮了灵感的火花。

从创意到创业

围桌而坐的年轻人并没有意识到，他们正在开启一项新型文化创意产业。

不知是谁第一个说："办家慢递公司吧！"提议一出，其他人眼前一亮。经过几个回合的讨论，创意逐渐成型——慢递公司为客人寄的信与其他信不同，是写给未来的，时间为1个月、1年、10年甚至更远；可以写给自己，也可以写给朋友、亲人。正如那张明信片，在未来的某个时刻，收到信的人会突然回忆起遥远的过去和写信的人。

创意够新颖，但怎样才能从创意走向创业？

他们可不是一群只会做梦的青年。创意敲定，他们便分头去做调查，进行相关的背景、需求、市场前景、运营方式及客户群体的整体分析。很快，他们发现能接受慢递创意并愿意为之付费的大多是二三十岁的年轻人，尤以学生、白领为主。确定了消费群体，他们又将消费层次定位于中端——经过调查，他们发现金融危机以来，高端消费受到很大影响，而中低端消费受到的影响则不大。

接下来是选址。最终，目标锁定798艺术区。原因在于，798艺术区作为文化创意产业聚集区和前卫艺术基地，不仅在中国，在世界上也已经具有一定的知名度。每天，在这里举办的国际艺术展览、艺术活动和时尚活动都吸引了众多游人，这些游人正是慢递的潜在顾客群。

2008 年 12 月，经过 3 个月的调查、分析、磨合、运作，终于有了结果，包括赵悦在内的 6 个年轻人最终组成一支稳定的创业团队。他们拿出自己的积蓄作为原始资金，租下位于 798 艺术区中二街的一处店铺，取名为"熊猫慢递"，并决定于来年 1 月试营业。之所以选择熊猫作为其形象代言，是因为它看起来慢腾腾，不慌不忙，正代表了他们所倡导的一种生活方式。

是时间驿站，又是心灵花园

早在正式开业前，6 个年轻人就达成共识，主要依靠这样一些业务挣钱：出售团队自行设计的明信片，如"好爸爸""好老师""好兄弟"证书明信片，印着小时候的数学、政治试卷的明信片等。

为顾客寄信，收取邮费。寄往 2009 年，邮资 9 元；寄往 2010 年，邮资 10 元……即以 2009 年为收费基础，此后每年加 1 元。

出售文化创意商品。"业态一定要丰富，店的抗风险能力才强。"

然而，生意并没有想象中那么好。各路游客来来往往，这里却门可罗雀。是创意问题还是地段问题，或者是宣传不够？6 个年轻人有些动摇。

一日，冷冷清清的店里来了一位老人，他看到店门口"给未来写封信"的招牌，就问："我能写给还没出世的孙子吗？"原来老人来自台湾，已身患绝症。儿子刚结婚，并不知道父亲的病情。"我想让我的孙子知道我的祝福和我没有完成的心愿，虽然我永远也不会见到他。"老人说。写完信，老人蹒跚而去，留给 6 个年轻人的是感动和深刻的体会——他们的生意是有着别样的意义的。

这时，一个偶然的机会，赵悦在网上看到一个谈到他们的小店的帖子。那是一位顾客兴奋地写下给未来自己写信的经历。

有很多人跟帖，大家畅想着会给以后的自己写些什么；除了自己，又想给谁写信。

既然有这么多人感兴趣，那就不是创意问题。

团队及时调整战略，如将店里原本布置的"民间摄影展"改为充满怀旧色彩的"记忆与未来"展览。他们到处搜罗小时候的玩具、作业本、校服、课程表……装框、裱糊、悬挂，在展板上写下各种俏皮的评论来吸引顾客，激发他们怀旧，从而想给未来写信。有人主张建立电子数据库，及时更新顾客的投递地址，确保慢递万无一失；有人和银行联系，把信放在银行保险柜里，让顾客觉得他们受到了尊重和礼遇。

用心的结果是，春天到来时，他们的生意渐渐好了起来。以前每天发几封信，现在一天能发一百多封。与此同时，动人的故事也多了起来。

一对夫妻在婚礼上邀请慢递团队作为见证人，他们要寄一封发往 50 年后金婚时才能打开的信。

挺着大肚子的妈妈，认真地写好信。1 年后，她的宝宝将收到信，虽然暂时还看不懂，但她知道孩子必定会一世珍藏。"这是妈妈怀着你时写下的……"

一个 20 岁出头的清秀女孩告诉慢递员，每年这个日子，她都会给父亲买生日蛋糕，虽然父亲已经去世。现在她写信只是想向父亲倾诉，而"信就永远放在这里吧"。

顾客们把这里当作时间驿站和心灵花园。

每一天都有许多人重复着流程：挑选明信片；登记付款；写毕，把明信片塞进信封，在信封上盖上一个有熊猫标志的红色印章，在空格处填上投递日期，再交到慢递员手中——一封写给未来的信就完成了。

常有人在店里特制的留言册"记忆与未来"上留言："今天，我给自己写了封信，等到 3 年后收到信时，我已经身在巴黎。"

"一切都会过去，收到信时，你已找到新的爱情。"

"收信那一天，我已经像章子怡一样站在红地毯上。"

……

每多走一步都是机遇

创业是一项长线考验，6 个年轻人几乎每一天都会遇到新问题。现在，有商业大厦邀请他们开分店，有画廊愿意与他们合作办展览，有玩具商希望与他们一起开发相关产品。他们经常聚在一起开会，决定重要业务，明确分工，努力开拓着属于他们的事业。

　　慢递的核心业务带有强烈的梦幻色彩，其配套服务却提供了现实依托。创业前，他们已有清晰的规划；创业后，又能及时调整战略，完善服务，抓住一个机会就尽可能延伸、拓展更多的机会。例如由一封发往金婚的慢递，他们拓展出了专为新婚夫妇提供见证婚礼，自新婚起发向第一年、第二年直至第五十年结婚纪念日的套信服务；人们常在留言册上写信给三五年后的自己，由此，团队策划了专门针对某一人生阶段的套信服务，如提醒你要感谢哪些人，有哪些人生计划等。

　　从创意到创业，他们的成功更多要归因于用心将梦想付诸现实的执行力。很多时候，每多走一步都会有崭新的机遇。

马良：时光的歌手

◎ 王 飞

神笔马良

有人说，名字如同一个咒语，会左右人的一生。对于马良而言，名字的确成了他的宿命。

马良是土生土长的上海人，他的父亲马科是京剧导演，母亲童正维是话剧演员，因出演《编辑部的故事》中的"牛大姐"一角而为人熟知。出生在艺术家庭，马良从小耳濡目染，父母也有意无意地想培养他学表演——并非为了成为明星，在那样一个"有序"的年代，子承父业是件自然而然的事儿。马良被送去电视台参加小演员的挑选，不想考官都是爸爸妈妈的朋友，于是很无辜地被选中。作为当时上海市少年宫仅有的两个男演员之一，偶尔，马良会在电视剧中跑跑龙套，另一项重要的工作则是，每逢节日，马良就会被老师从课堂上叫出去，换上白衬衫蓝裤子，涂上红脸蛋，拿着花环，和其他孩子一起站在南京路上欢蹦乱跳，等待载着领导或外国友人的红旗车疾驰而过。

那时的马良是个害羞的孩子，厌恶任人摆布，也怕面对镜头。爸爸妈妈问他将来想做什么，他回答想做一个画家。在他看来，画家是一个不需要抛头露面的职业，可以握着画笔，沉浸在一个人的世界里。

因为经常缺课，马良成绩很差，满心自卑。不过他画画很棒，是班上的美术课代表。六年级的一天，马良帮老师把教具送回校长室。那是很小的房间，马良推开门，空气似乎被带动了，办公桌上的纸张和穿过彩色玻璃窗的阳光散落一地。校长捡起一张纸，突然问他："你是不是叫马良？"马良点头。校长把那张纸递给他，马良接过一看，上面写着"上海市华山美术学校推荐表"，那是当时上海唯一一所设有初中部的美术学校。校长拍着他的肩说："马良嘛，神笔马良就应该考美术学校。"马良一直记得这个带有魔幻色彩的瞬间，一个少年的命运由此转折。

向着梦想迂回前行

1988 年，一场突如其来的甲肝大流行让整个上海陷入恐慌，刚刚考入美术学院附中的马良不幸染病。那时，他的爸爸妈妈都在瑞典工作，姐姐远嫁杭州，唯一可以照顾他的保姆得知马良染病，飞也似的逃掉了。

马良被关在家里，居委会的大爷大妈坐在门口守着他，每隔几天带他去趟医院。10个月是如此漫长，没有娱乐，没有朋友敢来探望，孤独的少年唯一能做的就是把家里所有的书都看一遍，他背诵北岛、食指、顾城的诗歌，读叔本华、尼采的哲学，16岁的少年被迅速催熟。那段安静的时光弥足珍贵，马良读书、写诗、画画，聆听自己内心的声音。

1995年，马良从上海大学工艺美术系毕业，有点儿"越狱"的兴奋，更多的则是对未来的迷茫。彼时，马良痴迷电影，渴望成为一名电影导演，却始终没有机会进入电影圈。有朋友告诉他，拍广告和拍电影差不多，而且很赚钱。马良听从建议，进军广告业，从美术师助理做起，修习技艺，期待日后能够成功跨界。

短短几年，马良已经成为上海广告界"一哥"，单条广告收入动辄数万，广告短片作品获得多项大奖。但这些获奖作品观众难得一见，电视台和客户要的永远都是最安全的方案：漂漂亮亮的女明星手捧商品，站在花好月圆的背景中。马良内心苦闷，却又难以割舍——眼看青春已逝，还没有真正满意的作品，但如果执着于梦想，不成功怎么办？难道要做一个落魄的艺术家？

那段时间，马良独自远行，期待在旅途中收获答案和勇气。马良买了一部数码相机，摄影让他寻回了自信和灵感，他渐渐放弃了广告导演的工作，全身心投入摄影。不拍电影，也可以用另外一种方式造梦。

做一个时光的歌手

马良的摄影作品大多色彩浓烈，充满离奇的想象和乌托邦式的浪漫与迷离。超现实主义的风格让人沉醉，也常常因为解读不同而产生争议。在马良看来，真正的视觉艺术一定是语焉不详的，应该给观众留下足够的想象空间，而不是设定一个标准答案。

马良对纪实摄影并不太感兴趣，他的方式是搭建一个舞台，用一个富有戏剧性的场景来还原自己内心的画面。广告短片导演的经历不可避免地影响到了马良的摄影创作，他有着强烈的操纵欲望，希望拍摄对象可以进入自己为照片设计的氛围。在摄影作品《不可饶恕的孩子》中，他干脆让所有的人物都戴上面具，成为一个象征符号，游荡在废弃的游乐场、烂尾楼和荒草地中。

马良是个念旧的人，他的照片总是有种旧旧的感觉，却带着温暖的底色。《邮差》是马良特别喜爱的作品：一位穿着旧式制服、仿佛来自时光深处的邮差，穿行在日渐颓败的弄堂里，寻不到曾经的地址门牌；昔日孩子们欢闹的乐园已成废墟，邮差扛着毫无用武之地的自行车站在瓦砾上四顾茫然。城市巨变，无力阻挡，唯有"用想象弥补出一个亦真亦幻的过去，沉溺其中片刻，以获得某种温情安抚"，仿佛一切都还在原地，安静从容。

马良怀念那些纯真的东西，特别渴望回到最初的状态：17 岁的少年，拿着画笔，给家里所有的门上都画上一幅画。因为学了美术，少年希望力所能及地让自己的家变得好看；客人亦会赞叹，这个家庭因为有一个会画画的孩子而显得与众不同。

其实，艺术的作用就是这么简单，它无法拯救世界，却可以让世界变得更美，给焦灼不安的人们以温柔抚慰。而马良想要做的，就是从现实的世界里抽出一个比较不现实的瞬间，让被拍摄者体验浪漫的想法，从而暂时摆脱严酷现实的束缚，享受到些许自由。

带着这样朴素的想法，不惑之年的马良启动了"移动照相馆"计划，开着卡车去不同的城市免费为朋友和陌生人拍照，为他们留下一段浪漫的回忆。马良并不在意别人对于"移动照相馆"摄影作品的非议，事实上，这已不再单纯是摄影，在这场流浪的修行中，马良和他的团队用自己的真诚，温柔地对待这个世界，同时播下善意的种子。

每个艺术家都可以选择自己的创作方式，栖身书斋，高居殿堂，或者行走在路上，只为前方从未遇见的风景。马良说，为了理想，我们总是胡乱披挂上阵。但这无情的世界，正因为热情的蠢货，才有些浪漫。

马良曾经这样写道："照相机对我来说，更像是一把木吉他。我只想用它弹奏一些时间和光影的旋律，然后，把想唱的歌轻轻地唱给那些想听我唱歌的人。把生命里的那些疼痛和爱都点燃成温暖的熊熊篝火，让那些在照片里不老的美人和所有被一一定格的美好风物，在我的歌声里笑得花枝招展。"

今生今世就这样做一个时光的歌手，多浪漫。

不论时代怎样变换更迭，

生而为人，便会有爱，有温情。

"爱情银行"的意义便是唤醒。

丹心挥洒新愿 /

恐龙的"爱情银行"

◎ 一 盈

"爱情银行"的未来应该和所有商业银行一样,有着堂皇的门厅、整洁的柜台,人们穿梭其中办理的业务不是钱财,而是温暖,是爱情。

或许你早已习惯银行的机械僵硬,把银行归于国家金融机器的一种,然而,一位名叫恐龙的男子颠覆了这种观念,把冰冷的"银行"变成最具人情味和浪漫精神的基地,把理财与爱情这两个风马牛不相及的概念变得水乳交融。

事实上,"爱情银行"文化早有滥觞。欧美心理学研究表明:经营爱情如同经营一家银行,一次安慰就像是往"爱情银行"里存入 10 元爱币,一次无理取闹就像是从银行里支出 10 元爱币。随着经营情况的不同,有人成为巨富,有人变得赤贫。

一个恐龙的迅速走红

恐龙的"爱情银行"位于北京鼓楼东大街的一座中式庭院里。由于时间仓促，他连实体店面都还没有租下，仅仅拥有一间 10 平方米左右的工作室。

正是这间小小的工作室，在短短两个月内吸引了众多眼球，媒体纷纷赶来，争相报道。在记者赶到之前，已有三拨媒体离去。

工作室的记录板上，按照时间顺序贴满采访便笺。已经是下午 4 点了，还有采访电话频频打来。

"受宠若惊，简直跟做梦似的。"说起媒体的热情，恐龙有种喝高了的兴奋。

恐龙的"爱情银行"开办于 2009 年 12 月，初衷是给大家提供一个寄存旧信物的平台。"我们都是有故事的人，一段感情结束了，总会有一些旧信物不知如何处理。扔了吧，太可惜；放着吧，触景生情。所以，把它们寄存到'爱情银行'里，可能是最好的办法"。

在这间工作室里，从宜家买来的货柜占据了一整面墙，里面摆放着曾经令主人"为难"的信物：一条弯曲的绿色大蛇状的填充玩具，形象卡通，蛇身的便笺上注明："温柔的大蛇缠得我喘不过气来，爱我就应该给我一点空间。"原来，这是一个男孩送给女友的礼物，分手时，女孩没有拿走，男孩便抱到恐龙这里。男孩说，女友虽然很爱他，却没有给他足够的空间，比如，要求他每半小时打电话汇报一次与谁在一起……压力特别大，只能分手。

还有两张游戏光盘，主人在便笺上标注着："她说我光顾着玩游戏了，没时间去爱她。

分手时，她送我这两张游戏光盘，说，你可以好好玩了。可是，我却再也没有玩过游戏。"

一盒只剩下一根的雪茄烟盒，主人写下："她给我买的，只剩下一根了，不舍得抽。"

一张星猫杯垫，便笺记录道："她走了，带走了她所有的东西。这杯垫忘了拿，这是我们在一起生活了 3 年的唯一见证。我要结婚了，觉得放在家里不合适，所以存在'爱情银行'里，想她时，就过来看看。谢谢你，恐龙。"

……

除了展示柜里的几十件信物，工作室还有一个上了锁的文件箱，里面存放着那些不愿意被展示的爱情信物。

"每一件物品的背后都有一个刻骨铭心的故事，"恐龙说，"所以我要求顾客为每件信物写一段留言。收藏过去，也能更好地把握今后的情感。"

在恐龙的"爱情银行"里，顾客寄存信物时，先要与恐龙签订信托合同，然后根据物品的类别、大小支付相应的费用。以普通填充玩具为例，每月 10 元，半年 50 元，一年 100 元。

"期满后可以续签，也可以把信物取走，还可以委托'爱情银行'进行拍卖。"恐龙介绍说。

据统计，"爱情银行"成立迄今，短短几个月便收到 60 多件信物。随着媒体的"轰炸式"报道及网络传播，恐龙和他的"爱情银行"迅速走红，要求寄存信物的人也越来越多，以至于恐龙不得不认真考虑学习档案管理及物流等方面的知识，以便实现高效托管。

向往一份纯真的感情

今年 37 岁的李静终于把珍藏了近 20 年的红葡萄酒存入了恐龙的"爱情银行"。在酒瓶底部，她写下："分手时未喝完的半瓶红葡萄酒，早已成为最美好的回忆。"

上中学时，李静拥有一份美好的爱情。一次，她把家中的红葡萄酒偷出来，与恋人共饮半瓶。分手后两人失去联系，李静舍不得丢弃剩下的那半瓶酒，不知不觉便已人到中年。

不久前李静在电视中看到关于恐龙的报道后，立刻把珍藏了近 20 年的半瓶红酒寄存到了"爱情银行"。"这么多年来一直把这半瓶酒放在家里的酒柜里，总有人问为什么不喝，因为是陈年佳酿啊。越来越觉得放在家里不安全，还是存入'爱情银行'放心。"巧的是，就在红酒存入不久，20 年前的恋人又联系上了。两人已不复青春年少，重逢时感慨万千。谈起存入"爱情银行"的那半瓶酒，昔日恋人感激不已，感谢那份恋情，感谢对方多年珍藏！

28 岁的李杰刚刚结了婚，当印着自己头像的马克杯被存入恐龙的"爱情银行"后，她长长地舒了一口气，并且写下："不一定每段感情都有结果，也许成为异性好友更令人牵肠挂肚。"

李杰便有这么一个异性好友。上大学时，她送对方这个马克杯，祝福他快乐幸福；毕业时，对方又把杯子赠还给她，祝她平安无忧。如今李杰已为人妻，依然精心地收藏着这个杯子。老公看到了虽然不说，但明显不太高兴。不愿意引起矛盾，李杰把杯子存入了"爱情银行"。"想他时，我会来看看杯子，但并不意味着背叛丈夫。毕竟，每个人心中都会有一个小小的空间吧。"

恐龙的"爱情银行"开张不久，石国栋便把收藏在家中的恐龙模型搬来，既是寄存，又是祝贺。

恐龙模型本是石国栋送给女友的礼物，分手时，女友带走了大部分东西，唯独留下这个恐龙模型。因为石国栋经常打趣女友长得像恐龙，女友一生气，索性不要了。"其实我哪儿是那个意思，"石国栋有点委屈地解释，"这么多年来一直不舍得扔，现在好了，送给恐龙的'爱情银行'当吉祥物了。"

石国栋是标准的"80 后"，刚好 30 岁，未婚。"20 世纪 80 年代是个很特殊的年代，既无情，又多情。尽管男人 30 岁应该比较成熟了，但是对一份纯真感情的向往却是无论何时都不会磨灭的。"

石国栋偶尔会与昔日女友见面，但收藏信物并不意味着沉溺于过去或旧情复燃。对于某些人"念旧是对现实生活不负责"的说法，他说："恰恰相反，这是特别负责任的方式，因为不抛弃过去的记忆，才能尊重现实生活。"

人是需要一些颠覆精神的

短短几个月，"爱情银行"行长恐龙便已经深深感受到自己内心的变化："我的整个爱情观、人生观都发生了彻底的改变，我已经开始相信爱情，相信生命中那些美好的东西。"

恐龙原名宫业龙，在朋友眼中，30岁的他是一个既实在又飞扬、既沧桑又不失童真的老男人。他曾经从事过户外用品经营、画家经纪人等职业，热衷于攀岩、探险、击剑、爬山。最疯狂的一次经历是从青海骑摩托车回北京，整整7天，天高云阔，大漠黄沙……

坚硬如斯，内心却柔软细致。女友离开后，他总也舍不得丢弃那些旧物，每次搬家都携带它们辗转搬移。

去年一个朋友要结婚了，大家喝酒聊天，恐龙问："你有没有不方便放在家里的东西？"

朋友说："有啊，前女友的照片和情书，真不知该放在哪里好。"

恐龙心中一动，在朋友中做了一次调查，四十多个人，80%表示不知如何处理旧信物。

"我立刻感到这可能是个不错的创意。"

"很多朋友都认为我疯了，"恐龙笑道，"尽管我经常不靠谱，可这一次也太跳跃、太天马行空了。"

2009 年 12 月 18 日，恐龙的"爱情银行"淘宝店开张了。没有生意，反倒招来质疑与嘲笑。有人对"爱情银行"的信用表示怀疑，有人谩骂恐龙在为第三者服务，还有网友批评道："留着这样那样的信物是对自己的放任与纵容。"

"信用？你可以拿合同去公证。"恐龙辩解，"至于第三者，这很狭隘。我们不是欺骗情感，亦非沉溺于过去，慎重保管旧物是为了珍惜现在。我很难想象一个不念旧的人会惜今。"

即便争议重重，恐龙依旧租下工作室，准备好整整一年的预算资金。"人是需要一些颠覆精神的。为什么银行只能存钱？为什么爱情不能用理财的态度来对待？"

"如果现代人把花在理财上十分之一的头脑用来经营爱情，那么这个时代也不会陷入情感危机。"恐龙说。

为了印证这一点，恐龙亲自设计了"爱情存折"，把恋爱行为分设成爱币，开办存款与取款账户，比如把"倾听"设为"+10元爱币"，把"猜忌"设为"–10元爱币"，根据彼此的行为填写"爱情存折"，是破产还是富足，答案一目了然。

此外，恐龙还开创了"爱情定制"服务，根据顾客的要求，为顾客量身定制爱情服务，可以是一本小说，可以是一首歌曲，也可以是一段 Flash，还可以是一幅沙画……"这才是'爱情银行'最大的商业价值。"精明的恐龙踌躇满志。

随着知名度的提高，恐龙的"爱情银行"吸引了诸多合作方，要求加盟的店铺也纷至沓来。最令恐龙感动的是一位近 60 岁的阿姨，她打来电话要求加盟，并且说："恐龙，你做了一件好事。我们每个人内心深处都有一份珍藏已久的记忆，'爱情银行'是爱情的展示，也是给爱情的告诫。"

"不论时代怎样变换更迭，生而为人，便会有爱，有温情。"恐龙说，"'爱情银行'的意义便是唤醒。"

所以，即便目前依然处于入不敷出的阶段，恐龙依然有信心描绘出美好的蓝图："'爱情银行'的未来应该和所有商业银行一样，有着堂皇的门厅、整洁的柜台，人们穿梭其中办理的业务不是钱财，而是温暖，是爱情。"

当你想开一间小小的咖啡馆

◎ 王 飞

　　无数文艺青年都梦想着开间属于自己的小小咖啡馆，想象中，那是一个可以舒展身体、安放心灵的温馨空间。每一天，阳光透过落地窗，温暖地拥住我们，空气中飘荡着轻柔的音乐和迷人的咖啡香。我们以最舒服的姿势窝在宽大松软的沙发里读书，或者聆听坐在对面的友人讲述他们生命中或喜或悲的故事。

　　第一眼在放下咖啡馆看到老板耿盛琛的时候，你会以为他已经过上了理想中的生活。

　　正是工作日的下午，咖啡馆里却坐满了人，老友高谈阔论，情侣耳鬓厮磨，而耿盛琛则独自占据了门口的一张小圆桌玩着电脑，这副悠闲的场景，难免让每天坐班的我心理失衡。

　　即便在兰州这样不发达的内陆城市，也有大大小小上百家咖啡馆隐匿在街巷和写字楼中。所以，虽然我很早就听说过"放下"

的名号，却不以为意。直到有一天，在微博上看到一位朋友推荐了放下咖啡的一款饮品——"甜醅子奶茶"，顿时有种"整个人都不好了"的感觉。

甜醅子是一种兰州特色甜食，把莜麦蒸熟后加酒曲酿制而成，食用时兑入凉开水和糖，清凉消暑。甜醅子奶茶推出后迅速成为明星产品，之后，放下咖啡又陆续推出了灰豆君度咖啡、灰豆乌龙奶茶等饮品。虽说本土化经营是业界潮流，连肯德基都在卖豆浆油条，但作为一个兰州人，我还是很想当面问问他："兄弟，你怎么敢这么干?!"

无论店面风格还是饮品种类，模仿港台地区的做法是很多咖啡店的选择。而耿盛琛则借鉴了港台地区比较主流的本土化的饮品制作方式——与其做平淡无奇的珍珠奶茶，倒不如利用兰州特色的原生态食材，通过改良，用不同的呈现方式让它们流行起来。

开发新产品是一个不断试错的过程，很好玩，但也很痛苦。有些听上去不错的想法，一旦实现就知道错了。耿盛琛曾经想做一款以醪糟为原料的奶茶，但品尝之后觉得味道很奇怪。有些食材比较脆弱，比如，甜醅子可以加到绿茶或奶茶里，因为它够清淡，但放在咖啡里就不行——它的清甜完全被咖啡的浓郁掩盖了。

每一次，耿盛琛都要力争推出十几款新饮品。开发完成后，先请朋友或团队成员试饮，保留感觉不错的饮品，接受消费者的考验，更多产品则因为口味奇异无缘面市。所以，大家看到的新饮品只是耿盛琛开发的一小部分。

每次做新饮品的时候，团队成员都会头痛，因为耿盛琛会逼他们把所有饮品都尝一遍，咖啡、牛奶、甜醅子……这些甜腻的东西每天喝来喝去，难免让人茶饭不思，胃里发酸。到现在，耿盛琛也很少吃太甜的东西。

耿盛琛是典型的兰州人，憨厚质朴，笑容温和，给人一种值得信赖的感觉。2006 年，耿盛琛在北京进入了咖啡行业。2008 年，金融危机之后，耿盛琛放弃了北漂身份，回到兰州创业。

2010 年，耿盛琛在一条小吃街上开了一间 14 平方米的饮品外卖店，其后不断发展壮大，如今已在市区繁华地段拥有两家超过 100 平方米的门店。

身为咖啡店老板，35 岁的耿盛琛看上去不太像文艺青年。在招聘员工的时候，他也从不说咖啡馆是很小资的所在："我对他们讲，咱们做的其实就是餐饮行业，跟对面的牛肉面馆区别不大——人家卖牛肉面，洗的是碗；我们卖咖啡，洗的是杯子。只不过，你在这边可以吹吹空调，而牛肉面馆会有油烟。"

我被这个过于实在的说法逗乐了："你倒是一点儿都不忽悠。"

耿盛琛说："没办法忽悠，你可能讲得很美好，但人家会想怎么和电视里看的不一样，干几天就走人了。我会在一开始就讲明白，在咖啡店，你需要长时间站立，有可能上晚班，需要付出很多劳动。很多人都坚持不了多久。"

创业之初，耿盛琛每天要洗几百个杯子，原料到店，要自己当搬运工。员工管理、财务、物流、产品，每一项都需要做出专业的判断，否则局面无法掌控，还很可能会影响到自己喝咖啡的心情。"很多人心目中的咖啡店还是电影中的样子，他们自动过滤了很多东西，比如，你喜欢的装饰元素可能会花费大量的创业资金，成本如何控制；你能够提供什么产品，吸引怎样的顾客群；为了店铺的租金和员工的收入，你需要付出多少努力。作为小企业，首先要考虑自己如何生存，然后再谈理想。如果没有考虑清楚这些就盲目地去做，会走很多弯路。"

耿盛琛说，在创业之前，要先考虑你愿意为此付出多少心血。换句话说，愿意忍受哪一种痛苦才是我们做职业选择的依据。

坚持创新，走本土化的道路是放下咖啡的特色，也是未来能够继续在激烈的市场竞争中占有一席之地的保证。耿盛琛说："无论什么行业，抄袭肯定方便，看到别人有什么好产品，改头换面把它推出来，可以省去很多麻烦。但如果企业缺少创新精神，一味去模仿别人，慢慢就会有惰性。长此以往，一旦面对市场冲击，很可能没有办法生存。

现在，星巴克还没有进入兰州，一旦这种大型的连锁企业抢滩登陆，如果你做的是和星巴克一样的产品，即便价格便宜，顾客还是会选择星巴克。如果你有自己的特色，并且不断创新，就不用怕，你的顾客依然会留下来。"

春节期间，耿盛琛去美国旅行，惊叹于美国的咖啡市场都被星巴克这样的连锁企业统治，机械化的操作快速、便捷，而人的因素被降至最低。他更喜欢那些欧洲的咖啡馆，老板用纯手工的方式去煮咖啡，每一杯都饱含着心意。在那些拥有一百多年历史的老店里，你喝到的咖啡依然是从前的味道。

耿盛琛感叹，这样的坚持和传承，我们恐怕很难做到。我们的心无法安定，一味去追求利润、规模、数量……但或许可以用自己的方式来表达这样的愿景。放下咖啡的外带塑料杯上印有很多名词：危机、股价、身段、就业、高考、面具、牛奶……加上"放下"两个字，就是耿盛琛试图表达的理念——生活中有太多会给我们带来压力的东西，放松心灵，暂缓脚步，让压力在享受饮品的片刻安然释放。

那些美和壮丽只为了等待你而一直存在，
而风餐露宿日夜兼程值不值得，
也只有你自己知道。

丹心挥洒新愿 /

为绚烂穷尽所有
——马良和他的"移动照相馆"

◎ 刘 燕

　　我们人生的第一张照片大多出自照相馆，照相馆见证了曾经存在的时间和画面，那是不可思议却一定存在的瞬间。数码相机兴起，照相馆式微，我们有了越来越多的照片，却失掉了去照相馆的郑重其事。照相馆逐渐边缘化进我们的证件照、相册与记忆里。

　　但却有这样一个人，带着他的"移动照相馆"，与他的朋友们一起，走进遍布全国的五十多个城市，为上千名通过微博征集来的陌生人免费拍照。

　　陪我在一万杯红色甜酒里流亡吧，
　　请陪我过一种永远不会厌倦的生活。

　　上海、合肥、青岛、烟台、济南、石家庄……这串地名还在不停增加中。马良和他的"移动照相馆",正在路上。

带着自己的工作室上路对于马良来说,最早是一个无奈的选择。作为国内知名的摄影师,马良在上海有一个"很美"的工作室,那是去年5月之前的事情了。那个工作室曾经作为一个装置参加上海艺术双年展,也出现在多个国家游客绘制的"上海艺术地图"中。突如其来的拆迁让马良"无家可归"。之前马良曾经拍过系列作品《我的照相馆》,用复古而充满形式感的方式为一些对自己很重要的人拍照。很多着迷于这些照片的人希望自己也能拍这样的照片,问马良"你的照相馆开不开"。工作室就是他的照相馆,既然工作室没了,那就干脆带着照相馆上路吧!一路见识不同的风景,为不同的人免费拍照——一个浪漫的想法就此产生。

2012年2月17日,"移动照相馆"上路。一辆中型卡车,一辆商务车,装着5套完整的摄影灯具、2套图片摄影器材、2套数字摄像系统、15件大道具、30件布景布、50套服装及各种小道具、发电机,以及几位愿意把这浪漫、温柔沿途播撒的人。"《我的移动照相馆》这事儿看起来很简单,其实做起来挺复杂的,我们要去54个城市,28000多公里的行程,要去面对途中各种不可预料的事件。但我喜欢生活里天真的东西,我们就是想用这样的行为去告诉大家:这世界上有可爱的、浪漫的、善意的事情存在。"

都在比谁轻巧聪明的时候，我想展示一下我的实在迂愚；
在竞相攀比谁身价高的局里，我这作品是免费的。
这才是我爱的艺术。

在《我的照相馆》的前言中，马良写道："能带给人安慰和温暖，这是一个美工师最浪漫的职责所在，为了比不完美的生活仅仅好那么一丁点儿，值得用最绚烂的形式，穷尽所有的力气。""穷尽所有的力气"体现在拍照过程中，就是无所不在的"吹毛求疵"。

马良与印象中的摄影师不一样，他手中操纵的不是快门而是鼠标。他通过与相机连线的电脑控制相机的所有参数，因为这样成像效果更加直接。工作中的马良非常专注，目光灼灼，盯着出现在屏幕中的每一点，无论物还是人，形状、颜色、感觉、光线一定要恰到好处，否则，便又是一番根本不介意何时才能完成的调整和琢磨，一切都以屏幕呈现的画面为准。

除了带出来的那些背景布和道具，马良每到一地都尽可能挖掘当地特色或记忆，随时有新的创意和想法，或者将目之所及的一切作为道具：在合肥，赶制了牵动合肥几代人记忆的逍遥津大象滑梯；在兰州，喷绘了一大张中山桥背景，还借来一个羊皮筏子；提供场地的兰州创意文化产业园刚好有 20 世纪 70 年代的旧家具，那就多做一个拍摄场景……在拍照细节上他更是不厌其烦：要还原课堂场景，那就给"坏学生"叠上一个纸飞机拿在手里，再用钓线悬空挂一个；表现羊皮筏子漂流黄河上，便在场上铺了厚厚一层黄沙，前景插了一排芦苇；小夫妻表现吵架场面，那就推倒扫帚、簸箕，化一个血流满面的妆……

那些美和壮丽只为了等待你而一直存在，
而风餐露宿日夜兼程值不值得，也只有你自己知道。

移动照相馆最动人之处，就在于行走四方的团队与无数陌生人发生联系。

上路之初，马良只是想为各地的朋友和曾经与自己的作品发生过联系的人拍照。一路走下来，很多城市的报名者越来越多，逐渐演变为一场马良作品爱好者的狂欢。而团队也得到了很多人的帮助，在每一个城市，这些通过马良作品而建立起联系的人聚在一起，享受马良镜头温柔的慰藉。

在西宁，7个大学女生给"移动照相馆"打电话，说她们在一个宿舍共住4年，希望能拍一张毕业照。西宁拍摄场地非常小，紧张又局促的7个女孩几乎占满整个取景框，这让人暗暗为她们着急：镜头放大了她们的不安，而这份不安让画面毫无整体感，她们看起来普通又暗淡。马良建议她们放松，还原宿舍的轻快与明朗，引导原本在镜头前略显呆板无措的女孩释放情绪……暗淡慢慢剥离，光芒一点点展现，让人看到"予草芥，以光芒"的神奇与美好。

在常州街头，马良遇到一个耍猴卖艺的庄稼汉，就邀请他第二天到"移动照相馆"拍照。耍猴艺人说他平时在家种地,和小猴子相依为命,他养活猴子;冬闲时节他带小猴子出门到处逛,猴子养活他。马良觉得这种状态特别好,并且称创作为"我的小猴子"。

让马良动容的,还有一路收集的真实存在和善良瞬间:"在宾馆装车,见一位衣衫褴褛的老奶奶坐在路边晾晒废纸。在口袋里掏了20多块钱叫面善的助手扎西塞给她……开车前,老人追上来塞了一包橘子和一把巧克力,说你们赶路的人留着路上吃。车子开动,发现巧克力已过期2年,她藏了很久吧。"

在"移动照相馆"的镜头中出现最多的,是爱情,截至6月份,光结婚照就拍了不下20张,还有很多夫妻、情侣纪念照。能够看到并亲身参与这份美好,马良很开心。而让这么多人愿意把一生中最重要的照片交付给一位陌生的艺术家的,是信任,更是因为那份意外美好而带来的惊喜。

无情世界,
因为有热情的蠢货,才有些浪漫。

长时间旅行让马良无法保证正常睡眠和饮食,神情有一点疲惫,时常窝在一个地方拿着比板砖还要大的手机刷微博,不时与团队成员调侃几句——当奔波成为常态,若不能自己发现乐子,生活只会更加疲乏无趣。

微博是马良的另一个"孩子",在他的悉心经营下慢慢成长。

在公众人物争相就热门话题发言博眼球的时代，他很少关注时事话题，也不掺和艺术圈的事情，更多时候，他写下自己的思考，或与"粉丝"就某一类照片进行有趣对话，也会直白表达对美好的热爱——"真好看""多好看"这样的评价比比皆是，这两句也是他的口头禅。他实在是一个愿意也善于发现美好的人。5月4日那天，他接到姐姐的短信："亲爱的弟弟，向你的心致以节日的问候。"

年轻的心不只马良独有。团队中的阿炜被其他成员戏称为"高富帅"，他是上海顶尖的广告导演，却愿意为这份无报酬的浪漫之旅放弃高收入；嘉瑞成为马良的助手前，在某垄断国企有一份稳定且高薪的工作，却因内心感召放下现实拥抱梦想……

微博上，常常能看到有人开心地贴出自己在"移动照相馆"拍的照片，对马良和团队表达感激之情。但马良却认为："要感谢这场旅行，旅行中所有遇到的人，帮我走出了画地为牢的斗室，让我感受到生活的丰饶。从执迷于'自我超度'的游戏里杀出血路，去寻找一些更辽阔温柔的意义。"

用食品造型记录瞬间

◎ 陈　敏

这间工作室四面落白，窗台上养着颜色鲜亮的绿萝，另一间则用架子搁置着各种精致的餐具，长俏短润，各有其美。

张磊选择了一套暗黑色的餐具，将三文鱼切成长片，一字叠落排开，轻巧卷起，稍加修整，就成了一朵朵花，再配上绿色香草和紫皮小洋葱，色泽诱人。旁边的摄影师早已打光布景，等着按下快门。

几分钟后，三文鱼卷已经打蔫微塌，而在旁边的苹果电脑上，它仍以最美的姿态呈现。

这正是这份工作吸引张磊的地方：每一种食物都有自己的生命，值得尊重，铭记它最美好的时刻。

张磊是名食品造型师，和摄影师搭档，为报纸、杂志和图书等平面媒体提供美食配图，为餐厅做宣传册，同时也接食品企业的广告。

他在北京的胡同里长大，爷爷和父亲善烹美食。他 20 岁入行，曾任五星级酒店西餐厨师、美食杂志编辑，2008 年辞职成立自己的工作室。食品造型师在国外有一套系统专业的体系，而在中国属于新兴职业，目前张磊的同行不超过 10 人，多是自学成才。

据介绍，美国波士顿每两年都会举办一届食品造型与摄影国际赛事，世界各路美食高手云集此处，一展绝学，并探讨未来的行业走势，整个过程宛如一场时装秀般炫目，且色香味俱全。

一部《舌尖上的中国》远远不够，中国也需要一流的食品造型师，烹饪功底深厚、创新思维天马行空、道具搭配熟练、对每道菜心存敬意而见之欢喜——这是与世界沟通的另一种语言，无声却有味，入眼也入心。

细　　节

这个行业非常讲究细节。牛肉要几分熟才能充满弹性？意大利面煮多久才根根饱满分明？必须十分精准才能成就一道美好的菜。

有一次张磊接了个活儿——给饺子和汤圆分别做造型。客户要求不要添加太多背景，纯粹展现主体。这其实更难。

先拍饺子。张磊自己购买食材，去不同的地方购买最优级的面粉、猪肉、葱姜，然后自己擀皮，和馅，包饺子。他和摄影师沟通，想拍摄咬掉一半的饺子，夹在筷子上。拍出来一看，皮不够白，不够透，饺子不够饱满，立不起来。他重新擀皮，再拍，还是不对劲。尝试多次后，才发现必须斜着切饺子，横截面大了，饺子馅才更饱满，而且照片看不出是斜切的。此外，全熟的猪肉馅显得干涩，而半熟的馅丰黏滋润，显得美味多汁。实验了 N 次，拍了一两天饺子，才得到最满意的一幅。

再拍汤圆。客户要求汤水清澈见底，汤圆的二分之一浮在水面上。张磊有点犯愁。汤圆都是按照自己的比重浮着的，"如果不要求汤清澈，我们会在碗底铺小石头，垫高汤圆"——这个二分之一如何解决呢？试了很多次都失败了，张磊突然想到同仁堂的大药丸可以作为道具。他把药丸表层的蜡皮去掉，把药丸放进水里，看看浮出多少，沉了就去掉一点药仁，轻了就加一点面粉。之后，再在药丸外面裹上一层汤圆粉，煮好后，俨然就是一碗均匀圆润的半浮汤圆。

饺子和汤圆一共拍了 5 天，但也不是每次造型都如此费力。在丰富的实践中，张磊掌握了很多不为人知的小技巧。比如煎牛排，煎锅上有凸出的横纹，所以煎好的牛排有凹进去的黑纹。黑纹并不均匀，有的人会拿眉笔来画，好看却不真实。"我们用干净的扁扁的铁钳子，烧红后，直接在肉上压出好看的纹路，保证间距均匀"。

在食材上作画，他有一种创造艺术的兴奋，这个行业给了他自由的空间。

"现在的瓶颈是视野狭窄，国内没有食品造型师的系统培训，在网上读过国外的相关书籍，但中西烹饪理念不一样，呈现的造型也大相径庭，只能自己探索。"

新的探索往往带来失败或者惊喜，也让人不觉得枯燥，永远有挑战。

有时张磊晚归，看到地铁广告牌上正是自己的美食造型，被扩放到如此之大，成就感随之而来。

态　　度

诗人苏东坡曾如此描绘一位老妇人做的环饼："纤手搓来玉色匀，碧油煎出嫩黄深。"

照片里活色生香的菜肴让人食指大动，在拍摄时却可能内含道具，无法下口。

在豆瓣网上，有人质疑张磊给食物造型是作假。张磊解释说："这一行其实很平实，我在真正做食物。只有常规手段达不到客户的要求时，才会去做一些看上去很美却不能下口的东西。能用真的就不用假的，实在不成才找'替身'。"比如那碗难搞的半浮汤圆。

美食杂志《贝太厨房》的食品造型师李健伟很自信，他造型的"绝大多数食品"拍完后都可以吃。而上海的美食摄影师杨书坤认为"大多数造型的食品"都难以直接食用，毕竟是为了镜头而存在的，不是为了端上餐桌。

如果美味和美观只能择其一，作为图片里的美食，似乎美观更重要。这是造型师深谙的规则。比如一些煮熟后易变色的食品——西兰花和彩椒等，往往只会煮到半熟。有位网友曾跟摄影师去拍一位意大利大厨的菜肴，菜都是半生，以求色泽鲜艳的视觉效果。网友感叹："在棚里拍菜品，各种调整，各种摆灯，比吃一道菜费劲多了。拍完了，菜品也打蔫了，没法吃了。"

日本知名的食品造型师饭岛奈美也曾经历过这个阶段。为了追求广告片里的美观，她使用了没有煮熟的土豆、牛肉等。回到家里，她品尝煮得碎烂的炖菜，次日向导演提议"菜煮到烂熟更好"，让观众感到扑面而来的美味。

"我现在基本不会刻意做得太漂亮，而是追求家常菜的感觉。动人的并不是食物多么精致，而是他为爱人做饭时的人情味。"

这是一个博弈的过程。当造型师的个性随着他的职业美誉度的稳固而可以随意发挥时，也许才能看到深藏其间的才华和性情。

对于张磊而言，工作中是客户第一，而生活则完全由自己做主。这位一直很瘦、不曾胖过的美食家回家也不厌烦烹饪，拿手的是盐烤三文鱼头、炒杂菌、海鲜粥、酒煮文蛤……

"我工作很讲究细节，生活则随意得多，养花、养鱼、喂鸟、遛狗，我觉得都是跟大自然的一种交流吧。在你的照顾下，一朵花开了，小狗长大了，会觉得挺温暖，有意思。"

创意有人疑惑，高级餐厅的艺术总监及装盘人员不是食品造型师吗？

餐厅的煎牛排必须按统一样式摆好，但造型师每次都必须有新的摆盘设计，满足不同的审美需求。

创　意

是食品造型师的标签之一，比如网上热议的造型：将芝麻鸡及深色的酱汁造成大峡谷似的地貌；将椰汁虾及白色的酱汁造成雪中挖车的场景；蛋花汤可以选取金属桶内壁的反光为视角，展现宇航员头盔里看到的地球云层的画面。

此刻张磊就有一个奇怪的创意：做一组食物在空中运动的造型，加入人的元素，揭示人和食物之间平常又深刻的关系。

他设置过如此场景：胡同口，四合院门开着，一个老北京穿着跨栏背心、大裤衩，被门槛绊了一下，手里那碗面就飞出去了。

张磊想表现那碗面被不经意打翻后的状态，面条、调料、配菜飞到了四面八方。

"我们需要一个三维的立体效果，否则把面铺在平面上俯拍就成。面条也要飞得很好看，抓拍很难。"

于是，他把炸酱面做好，然后把青瓷碗、一根根面条、一颗颗豆芽、一条条黄瓜丝、一根根胡萝卜条都用鱼线分别固定成倾斜泼洒的姿态——拍完，然后PS掉鱼线，于是，你看到了一碗被泼出去的面正在飞翔中坠落，却不知道这奇迹的背后是大量烦琐细致的劳作。

张磊还设计过一条鱼的飞跃。

是在干净的厨房，有点油烟，很有生活气息，一个大厨正准备烧一条活鱼。一过油，那鱼就蹦出来了。

实际操作起来相当难，现在还没有实施。

被碰掉的汤在流淌，黄酒里的醉虾还在抖须，砧板上的洋葱让人流泪，蔬菜下锅时遇热而喧哗……这样的画面很熟悉，但无人为此特意造型并凝固到摄影里。张磊觉得，所有的食物都不是冰冷的，都有自己的运动，他要通过造型把这些还原在生活中。

"我想记录这一个个流逝的瞬间。其实，所有食物都是平等的，鲍鱼不贵，萝卜也不贱，都有生命，都取自大自然。人类需要食物，也要对食物持有敬重心"。

想到电影《入殓师》里的一个场景：老社长烤好了河豚的鱼白，和小林一起享受时说"好吃得让人为难"。

把美味吃下去前，懂得珍惜和尊重，这也是食品造型师张磊的创意来源。

共事者的热情缘于理想和爱,

这群共事者本身都是有意思的人。

这个星球上,有趣的灵魂总是会相聚的。

丹心挥洒新愿 /

菠萝科学奖：有趣的灵魂总会相聚

◎ 王菲宇

　　科学这东西说白了不能帮你加薪买房，连相亲都基本用不上。能来参加科学活动的人，内心一定都是很年轻的，因为他们还会好奇，还会探索，这多珍贵啊！

　　2006 年，还在读博士的姬十三第一次知道美国有个"搞笑诺贝尔奖"。当时，这个由《不可思议年鉴》杂志社设立的奖项已经颁发了 15 年。

　　2008 年，姬十三创办了科学松鼠会。两年后，科学松鼠会的博客介绍了"搞笑诺贝尔奖"，很多人第一次知晓这个"乍看令人发笑，之后发人深省"的幽默奖项。

　　2011 年 9 月 28 日，第 20 届"搞笑诺贝尔奖"揭晓的日子，姬十三在微博上感叹："我一直想做一个中国版的'搞笑诺贝尔奖'，有什么机构愿意支持吗？"连他自己也没有想到，这条微博很快收到了回音。浙江省科技馆馆长李瑞宏在第一时间给他私信：
"有点意思，有什么具体想法吗？"

2013 年 4 月 7 日，"菠萝科学奖"在杭州举办颁奖典礼。这
已经是这个中国版"搞笑诺贝尔奖"的第二次嘉年华了。

怎么有这么不高明的骗子

收到李瑞宏馆长的私信后，姬十三很快前往杭州与他见面。
同去的还有王丫米，后来"菠萝科学奖"的策划总监。

从确定落户杭州到举办第一届科学奖的颁奖礼，周期是 6 个
月。在这 6 个月中，大到科学奖的定位、活动的形式，小到奖项
的名字，都需要一一敲定。接过这个任务，王丫米的第一反应是
兴奋，但接下来就陷入了几个月的焦虑期。

科学奖的名字很快确定下来。一群人在北京的夏天集思广益。
咬着菠萝冰的科学松鼠会成员小姬建议定名为"菠萝科学奖"，这
个无厘头的名字马上获得了全票通过。

王丫米很快拉拢了几个人，玛大索、子鱼都是核心执行团队
的成员。在他们身后，还有科学松鼠会的专业作者和科学网站果
壳网的专业编辑。

他们联系上了"搞笑诺贝尔奖"的创始人马克·亚伯拉罕斯，
这个美国人对大洋彼岸发生的事情非常支持。他对菠萝科学奖团队

说："希望你们做出一个有特色的科学奖项，我可以帮你们完善。"

"搞笑诺贝尔奖"有自己的坚持，这个看似无厘头的活动虽然也时不时讽刺一些不靠谱的事件，但大多数时候还是将奖项颁发给严肃正经的科学研究。

2010 年，伦敦动物学会的几位科学家因在追踪鲸鱼的健康状况时"成功使用遥控直升机收集鲸鱼鼻涕"，从而获得了"搞笑诺贝尔奖"的工程奖。在得知自己的研究获奖后，这些科学家不仅欣然接受，还大方地在媒体上表示："我们最终获得的实验结果非常有意思，而我们做的鲸鱼鼻涕实验也非常好玩！"

在姬十三和王丫米看来，与国外科研人员的大方幽默相比，国内的研究环境要严肃很多。生物学博士姬十三对这一切再了解不过："在这种环境下，要是再去嘲讽科研，即使是善意的嘲讽，对科研的发展也会适得其反。"他和王丫米都希望这个中国的"搞笑诺贝尔奖"能够轻松一点、有趣一点，让科研的艰涩褪去，"达到传播科学的目的"。

在确定目标之后，团队马上行动起来。最大的困难在于候选奖项实在是太少了。

"主动报名的参赛者不到 20%，绝大部分科研成果都是我们的团队和果壳网的编辑在论文库中挑选的。"从上万篇论文里，这些人要淘出"乍看令人发笑，之后发人深省"的研究。这些挑选出来的论文被交给由科学院院士、大学教授组成的专家评审团评议，之后还要通过"星光评审团"的审核。"星光评审团"成员有导演高群书、"十三阿哥"袁弘、《舌尖上的中国》导演陈晓卿等，他们没有一个人与科学沾边，审核的角度也不是从科学出发，而是考量这项研究究竟好不好玩。

"一方面，我们要求入选作品必须在正规杂志或者学术交流会议上发表过，是真正的科学研究；另一方面，星光评审团在次轮筛选评奖，确保奖项的原创幽默基因。"姬十三这样解释评审团的设置。科研出身、投身科普的他，希望为严肃的科研注入幽默的气质。

"但既懂科学又懂幽默的人实在太少了。"菠萝科学奖总执行玛大索由衷地感慨道。另一位执行团队成员子鱼碰的钉子更多。她负责与入围者联系，结果，很多人把她当作骗子。"怎么有这么不高明的骗子？"这是很多获奖者在接到电话时的第一反应。更多的科研人员则不理解也不愿参与这个跟奖金、职称不相关的活动。

这几乎是菠萝科学奖创办之初挥之不去的问题。王丫米一直很感激李瑞宏馆长的支持，在她看来，浙江省科技馆的参与不仅让菠萝科学奖落地，更让一部分获奖者打消了对这个科学奖的顾虑。"浙江省科技馆毕竟是官方的科普机构，具有一定的权威性。如果单靠果壳网来做，难度会更大。"

追求完美的年轻人

2012 年 4 月 7 日，第一届菠萝科学奖颁奖典礼在杭州举办。

第一届心理学奖颁给了名为"数钱可以减轻疼痛"的研究。这项研究来自论文《金钱的符号作用：启动金钱概念改变社会痛苦和生理性疼痛》，作者是中山大学心理系教授周欣悦。获奖后，周教授将这一经历加入了自己在中山大学的网页。

第一届颁奖典礼举行之后，知道菠萝科学奖的人多了起来，这一变化明显地体现在校园活动上。为了推广菠萝科学奖和它所代表的"向好奇心致敬"精神，第二届菠萝科学奖开展了一系列校园预热活动。团队沿着第一届获奖者所在的学校行走一圈，做科学讲座和分享活动，这些校园活动都有 300 个以上的名额，但所有名额几乎都在消息发出当天被一抢而空。为此，负责线上预约的子鱼没少受同学们"埋怨"。

地下天鹅绒清楚地记得，中山大学的活动中，有个男孩在台上表演玩魔方，台下有一个姑娘穿着情侣衫安静地看着他。女孩当初就是因为魔方爱上男孩的，之后也成了魔方的爱好者。这个爱情故事让地下天鹅绒很感动，也很珍惜眼前的这些年轻人："平时大家压力都不小，尤其是年轻人。科学这东西说白了不能帮你加薪买房，连相亲都基本用不上。能来参加这种科学活动的人，内心一定都是很年轻的，因为他们还会好奇，还会探索，这多珍贵啊！"

地下天鹅绒也是热爱科学的年轻人。他有创意，喜欢写东西，在网络上颇有人气，因而被王丫米拉拢入伙，做策划和撰稿。和他一样为菠萝科学奖出谋划策的人还有不少，其中有医生、公务员、老师，也有自由职业者，他们身上几乎找不到共同点——除了对科学的热爱。

在王丫米看来，这是一群组织松散但异常有归属感的年轻人。"这群人工作的最大特点是追求完美。为了体现一个更好的想法，每个人都愿意将之前花两三周甚至更长时间得出的劳动成果作废，重新来过。"玛大索介绍道。

在菠萝科学奖的诞生过程中，这样的故事有很多。今年会务手册上的填字游戏，是在活动前一天才被加入的；奖项的设计和解读也经过了无数次"头脑风暴"的洗礼。但在玛大索看来，共事的年轻人"没有人因为事情细小而放松标准"。大部分人都是在本职工作之外拿出业余时间为菠萝科学奖献计献策，为了这份完美没少熬夜。但第一届菠萝科学奖办完，高强度的工作没能吓退人。筹备第二届菠萝科学奖时，团队的人数有增无减，不断有新的年轻人加入。

"共事者的热情源于理想和爱"。似乎觉得这两个宏大的词没法让人信服，地下天鹅绒又补充道，"如果你参加过菠萝科学奖的各种活动，比如去年微博上的'寻找 Sheldon'，或者科学集市和每年 4 月份在杭州的颁奖典礼，就不会觉得我在瞎扯。这都是非常有意思的活动，因为这群共事者本身都是有意思的人。这个星球上，有趣的灵魂总是会相聚的。"

每一个爸爸都有一个木朵

◎ 王莹莹

天黑了。

3岁的小女孩木朵玩累了，终于沉沉睡去。她侧着脸，蜷着身子，把小脑袋深深埋在两个大枕头的夹缝中。爸爸又一次被打动了，拿出速写本子和画笔，飞快地描摹出一幅天真无邪、没心没肺的幼儿酣睡图。

在爸爸的微博"速写本子"里，这样的图片已接近一千幅。小小的木朵怎么也没法理解，正是因为自己自由而蓬勃的成长令爸爸成了一个不一样的爸爸，也令自己成为成人世界中一片最柔软的青草地。

一个父亲的心情

@速写本子：我有一个女儿，我一定好好爱她。这不是煽情，只是一个父亲的心情。

"速写本子"有一个非常大众化的名字：董余庆。他的长相比名字还要大众化：四方脸，小眼睛，长头发，有着北方男子的高大粗犷。而事实证明，男人的外表越粗犷，骨子里就有越多的细腻柔情。

速写本子是一名"70后"注册高级室内建筑师，画画只是业余爱好。当木朵还在娘胎里时，他便通过画笔对胎儿进行种种猜测：抱着电吉他的摇滚女孩、清纯乖巧的邻家小妹、手执画盘的文艺女生、玫瑰卷发的漂亮萝莉……注意哦，全是小女生！"我压根儿就没有想过男孩，"速写本子大大方方地承认，"我就是喜欢小女孩。"

终于，木朵出生了。单眼皮，白皮肤，嘟嘟脸，不是小萝莉，更不是完美无缺的芭比娃娃，却令一个父亲的畅想落到了实处。

从此，天下所有的女孩都变成"弱水三千"，只有木朵是父亲心中最深情的"一瓢饮"。

一月笑，二月抓，三月翻身，五月坐，六月爬……生命是如此的天经地义，却又如此不可思议。木朵的第一次微笑、第一次洗澡、第一次伸手抱抱、第一个亲亲、第一次摔跤、第一颗乳牙……所有的"第一次"都构成速写本子眼中最神奇的风景，令他迷恋不已，更令他初为人父的爱满得要溢出来。

2010 年 1 月的某一天，木朵 1 岁 4 个月。速写本子突发奇想，信手画了一幅速写画并贴到微博中：小木朵与一个玩偶对坐，木朵被画得很小很小，玩偶则被画得很大很大。

网友们看到了纷纷叫好："很萌很有趣。"

于是，速写本子便一张一张地画了下去，有木朵千姿百态的睡姿，也有成长过程中的点滴童趣。有时画得很快，十多分钟便可以搞定；有时画得很慢，如果需要上色，往往需要一两个钟头。从 1 岁 4 个月到现在 3 岁多，速写本子以每日一幅的频率已经为女儿画出近千幅画。

"坚持下来当然很不容易，"速写本子说，"网友们的鼓励当然很重要，不过当记录成为一种习惯，成为生活中的一部分，想不画都不容易。"

四仰八叉地酣睡、与蜗牛一起玩游戏、玩爸爸的手机、钻进花瓶里藏猫猫……木朵自由无羁地成长，爸爸的速写本也一页页增厚。而速写本子怎么也没有想到，本来只是通过画笔为女儿做一个忠实的记录，然而这些或幽默，或搞怪，或轻松，或简洁的小画竟然蹿红网络，吸引了大批拥趸。张小娴来了，姚晨来了，父俏也来了……速写本子俨然成为微博世界中"最有爱的父亲"。

每个孩子都是父母的老师

@速写本子：孩子在父母眼里永远是孩子，即使有一天你们会高过父母。但其实你们是更棒的老师，教会我们换个角度去看世界——当我们俯下身子跟你们说话，多用你们的视角看我们身边最熟悉的东西，结果大不一样。

网友说，有这样一个爸爸，木朵真幸福。

速写本子却说，有这样一个木朵，爸爸才更幸福。"每个孩子的到来都是父母的一场福气，因为我们在观察孩子、陪伴孩子成长的过程中，好像自己又完成了一场成长，发现了另一个世界。"

一个小屁孩能带给我们怎样的一个新世界？不过是一个翻身、一个凝视、一个阳光下满意的微笑、一场父母怀中美美的酣睡……然而，当这些最普通不过的小事通过画笔体现出来时，平淡无奇的生活突然焕发了哲学般的光彩，宁静而隽永，甚至具有某种治愈的能量。

就好比一片树叶，每天傍晚去幼儿园接木朵回家，木朵总会送给速写本子一片树叶作为礼物。原来哪怕一片小小的树叶，也可以传递最郑重的心情。于是速写本子画下这个画面，并且写道："每天到幼儿园接木朵放学，她都会送给我一片树叶，说是给爸爸的礼物，这让我很感动，整个秋天一直感动着，不知不觉到了冬天，发现居然还有树叶送。好吧，我选择继续感动下去。"

还有一次，速写本子带木朵等妈妈下班，突然木朵要拉"臭臭"，情急之下他只好抱着女儿去了男厕所，小木朵居然懂得羞涩，连唱歌声音都变小了！事后，速写本子的微博上多出一幅木朵"嗯嗯"使劲的画面，旁边的文字是："刚才在妈妈单位楼下等妈妈下班，突然木朵要拉'臭臭'，我只能带她到男厕所，关上门她就开始一边唱歌一边'嗯嗯'，老大声的。突然，木朵停下来一本正经地问我：'爸爸，咱们是在男生厕所吧？'然后就开始小声唱……"

木朵的生日恰好在国庆长假期间，于是每次木朵过生日，一家三口的远行成为夫妻二人送给女儿最好的生日礼物。最近一次远行是去洛杉矶，逆着太阳飞行十多个小时之后到了洛杉矶，发现太阳仍然高悬天空。呵欠连天的木朵奇怪地问："爸爸，太阳公公失眠了吗？"

不过是一片树叶、一声"嗯嗯"、一缕阳光，在孩子的世界里却可以多姿多彩，奇妙无穷。而借着孩子的视角看世界，世界顿时由黑白变成了彩色。所以，与其说父母抚育了孩子，不如说孩子成就了父母，令我们以童真的视角再度爱上这个世界。

作为一名典型的"双子男"，速写本子坦承自己个性中的焦虑。尤其面对工作时，无穷无尽的图纸符号也会令他陷入烦躁倦怠中。每逢此时，为女儿画一幅速写便成为缓解工作压力最有效的良方。"很庆幸没有把画画当职业，因为只要是工作，总会有烦的一刻。可画画不会，尤其画我可爱的木朵，听到铅笔在纸上划动的声音，周围一切都安静了。"

屋顶动物园

@速写本子：自从给木朵画了屋顶动物园，我也学到了很多知识，譬如我就一直不知道乌贼是有 10 条腿的，一直以为跟章鱼一样是 8 条，看来有很多知识还要跟孩子一起学习。

最近，英国推出一部亲子剧《我家有个动物园》。

然而，3 岁的木朵却得意地说："我家有一个'屋顶动物园'。"

如果你去木朵家参观，一定会惊讶于那个另类的天花板——14 平方米的卧室天花板上，绝大部分位置已经被画满各种各样的动物，蔚为壮观。

天花板上曾经有一个窟窿，全家看惯了，谁也没有想到去修补。突然有一天，速写本子正在哄木朵睡觉，躺在床上的木朵指着天花板上的窟窿说："好像考拉的鼻子！"原来，一年前速写本子与妻子曾经带木朵去澳大利亚旅行，两岁的木朵亲手抱过考拉，记住了这个"爱睡觉的懒家伙"。

速写本子被逗乐了，他拿起马克笔沿着"鼻子"把考拉的身子补充完整。从此一发不可收，河马、大象、长颈鹿、狮子、恐龙……每天晚上睡觉前，速写本子不得不变身为米开朗琪罗，在木朵的要求下，在屋顶上画出各种各样的动物来。

"一开始一天只画一只她就满足了，现在越来越得寸进尺，有时一天要画上三五只。"

速写本子说。画画不成问题，难的是头脑中储备的动物早已经画完，为此，妈妈甚至买来一本适合儿童读的动物百科全书，夫妻两人一边学习，一边为女儿画出更多的动物。

"屋顶动物园"不仅满足了木朵，也令自己收获颇丰。比如恐龙到底有多少种？乌贼有几条腿？三叶虫是什么样子？在为女儿画画的同时，速写本子也"恶补"了一把动物知识。

其实需要恶补的何止动物知识？有关这个世界，我们成人需要补的知识还有多少？譬如清晨出门，你是否感受到那一缕阳光的温度？步履匆匆的你是否注意到银杏叶已经挂满枝头？秋天到了，你是否会捡起一片落叶当礼物？

回到孩子身边，用心爱，你会发现，原来每一个爸爸都有一个木朵，原来每一个木朵都正在带给爸爸一个新世界。

别总说"90后"不够自立。

关于未来，

他心里已经有许多靠谱的构想。

〰〰〰〰〰〰〰〰〰〰〰〰〰〰〰〰〰〰〰〰〰〰〰〰〰〰〰〰〰〰〰〰

丹心挥洒新愿 /

我为车狂——"90后"赛车手何子健

◎ 陆 离

何子健，"为赛车而活"的 19 岁阳光大男孩。在他的世界里，速度与激情只是片段，一帆风顺也要全力以赴，一切都像游戏《赛车竞速》那样，公平而透明。

年轻车手

"我现在是陆风车队的车手之一，也是一名中国方程式赛车的现任车手。"何子健这样介绍自己。他今年 19 岁。

关于何子健的赛车生涯，还能举出很多数字，譬如说他七八岁时就参加卡丁车运动了；17 岁参加全国卡丁车大奖赛，因为之前在青少年组的成绩实在太突出，组委会破例让他进入成人组比赛；2013 年，他成为全国汽车场地越野锦标赛里最年轻的车手。

　　关于成长，何子健本人听到最多的恐怕是"羡慕"这两个字。很多人觉得这小子真是一出生就在人生赢家阵营里了：小小年纪就展露出一种天赋，做着自己喜欢而擅长的事，有家庭的全力支持，也有舆论和圈子的关注。他的词典里有"挫折"二字吗？他知道愁滋味吗？

　　一帆风顺的人生要完美地走下来其实同样辛苦，因为起点高，更需要强大的内心做支持。

　　在某些方面，何子健非常符合大多数人对"90后"的认识：他喜欢谈论自己的个性，思维活跃，不时说出一些出乎你意料的话。同时他又有一些比实际年龄成熟得多的特质，比如善于反思，喜欢分析问题，会控制自己的情绪。赛车在外行看来是永恒的血脉偾张，优秀的车手们收获的却是波澜不惊的心理素质。在年轻车手的生活里，速度与激情只是片段，更多的是艰苦的训练和学习。除了练车外，何子健平时就在车队里跟着维修师傅们干活，学习赛车机械原理方面的知识，也要拿出一部分时间泡健身房训练体能。就是这样的三点一线，他却能发现其中的丰富多彩。

"车二代"

　　几乎所有人介绍何子健的时候，首先都要提到他父亲，我也不能免俗。

何子健的父亲何伟是全国著名的赛车手，多年来活跃在各类赛事中，现在是老牌越野劲旅陆风车队的掌门人。在这个话题上，何子健毫不避讳地对大家说，父亲的帮助让他的路更好走。这话乍一听有点"拼爹"炫家世的意思，但其实真的是何子健的自谦之辞，毕竟父亲给他的只是机会，能争取到在赛场上和前辈们竞技的资格，还要靠实力说话。

这爷儿俩相处的模式特别有意思。在赛场上是师徒、队友，赛场内外滔滔不绝地交流比赛经验，两个人都有"工作狂"的趋势，为一点小事可能就有分歧；生活里又像亲密无间的兄弟，一起聊电影，一起运动，一起打《使命召唤》。何子健说："我们这父子关系是挺特殊的，同学里很少有和父亲这么亲近的。"说完就嘿嘿笑起来，很自豪。

苦都是两人一起吃。何子健清楚地记得，他8岁时有一次参加比赛，体力跟不上，父亲要他坚持，结果第三圈时卡丁车撞到了轮胎墙上，他当时就吐了，回去以后几天胃都不舒服。自己吓自己，想着是不是把肠胃撞坏了。父亲却说："没事，忍一忍就好了。"

现在他会自己去分析：父亲无论表面多无所谓，心里也都是焦急的，只是表达方式不同而已。"有时候我会换位思考，将来我做父亲，我也会希望我的儿子去做职业车手，甚至可能把我的兴趣强加给他，因为我觉得一定要把他培养出来，成绩比我更好。而现在我和父亲是两相情愿，这是很完美的一个情况。"

上次见到他俩是在今年春天，他们车队来北京比赛。赛程间隙，父子俩和另外两位车手一起给一家时尚杂志拍照片。何子健拍照的时候，何伟站在旁边看，赛场上无畏的硬汉这时格外细心起来，不时给儿子提建议，虽然言语间波澜不惊，眼中的慈父情却是实实在在的。小何同学也很给力，接受采访时大多称父亲"何老师"，不过偶尔还是会说走嘴，突然对着老爸喊出一声"伟哥"，语惊四座。

其实何子健对何伟的崇敬特别纯粹。小时候去看何老师的摩托车比赛，小小年纪还不懂得紧张，只是高兴，之后就跟着父亲的比赛到处跑，渐渐喜欢上汽油的味道，以至于一闻到就兴奋。因为童年的经历，何子健也想骑摩托车，但何伟是过来人，知道摩托车太危险了，就带他上了另一条道。

"赛车就像数学一样，普通的数学老师可能一道题就教你两种解法，这就到头了，但是一个好的老师会教你发散自己的思维，想到更多解法。我父亲在教我赛车时就是这样的老师，他能画龙点睛。"这话在他心里很久了，但是当着父亲的面，他恐怕开不了口。

为赛车而活

媒体和娱乐圈的关注是赛车给何子健带来的副业。当儿时的同学们还在教室里追逐青春梦想的时候，这个少年已经开始直面成人世界了。在纷繁的橄榄枝面前，难能可贵的是他不仅头脑冷静，而且总是有源源不断的正能量。

年轻车手经验不足的劣势难不倒他："赛车是极限运动，年龄对车手来说是至关重要的，肯定是越早接触越好。如果年龄大，受伤了就不容易迅速恢复。而19岁正在步入成熟期，再早几年，一些很关键的东西是理解不了的，现在体能、理解能力都处在一个黄金时期。"

专业运动员经常遇到的如何适应社会的问题也难不倒他："我完全不会觉得和同龄人脱节，我现在也还会和以前的同学出来坐坐，聊聊篮球什么的，大家就跟以前一样。只是他们玩的网游我就不知道了，没时间玩。"

也别总说"90后"不够自立。关于未来，他心里已经有许多靠谱的构想，比如拓宽自己的比赛类型，将来有一天和父亲做台前幕后的合作伙伴，而不是永远被父辈的羽翼庇护。"不过说到独立的话，那要等我真正走上正轨了，成绩很突出才行。在越野领域我不会去其他车队，父亲这里已经很好了。如果是跑房车或拉力，我会考虑别的车队，一个车手不能只跑一个比赛，发展太单一了。"

不过少年车手也有烦恼。当小伙伴们都开始谈恋爱了，青春嘛，有大把的光阴可以挥霍，可是将时间全部投给了赛车的他呢？

听到这问题，何子健马上叹口气："唉！"接着企图以"事业为重"为理由，赶快换下一话题。

　　"我就是为赛车而活的。"聊到后来，何子健说了一句车手们都会说的话，说完又不好意思地笑了笑。我忍不住说："不要不好意思啊，少年。"现在有多少人能把这样的句式说得掷地有声？一帆风顺也要全力以赴，在这个男孩的世界里，一切都像游戏《赛车竞速》那样，公平而透明。

在二次元与三次元的交集里

◎ 马一璇

安西千岁，二次元世界的人气王，三次元世界的广播电视编导。她热爱 Cosplay（"Cosplay"是一个英文词汇，源于"Costume Play"的缩写，在此项活动中，人们会穿着与某个特定角色相符的服装，并尽可能地模仿该角色的外貌、行为和性格），永远保持对原作的诚意，凭一腔激情驰骋于舞台，誓言将Cosplay进行到底！

青春，不虚此行

对于大部分人来说，二次元与三次元的区别在于平面和立体、虚拟与现实。而对于安西千岁来说，二次元和三次元都是她生活中最真实的部分。

20世纪90年代，日本动漫风靡中国，刚踏入青春的千岁从《漫友》上第一次知道世界上有一件叫作Cosplay的有趣事情——杂志上的年轻人穿着动漫人物的服饰，做着动漫人物的标志动作，似乎是对虚拟故事的还原，但是又充满了完全不同的感觉，这让千岁很着迷。初中时，她在校文化艺术节的动漫环节中小试牛刀，扮演了一把当时流行漫画《浪客剑心》的男主角绯村剑心，红衣红发，面上有十字疤痕，英武帅气。尽管处于Cosplay几乎不为人所知的"物资匮乏"年代，服装道具简陋到几乎无法靠近观众，连穿的草鞋都得自己动手编制。"虽然觉得可能'黑'了这个角色，不过从此以后就无法自拔了。"从"绯村剑心"开始，千岁走进了Cosplay界。

大学时代是千岁深感痛并快乐着的时光，她把所有的空闲时间都奉献给了Cosplay：做衣服，做道具，剪头发，扛着照相机到处拍照取外景，要出片的日子整天窝在寝室里一遍遍为照片做后期处理。她把照片放在博客上，更多的动漫爱好者成为她的粉丝。

2009年，一心扎根Cosplay界的千岁和志同道合的小伙伴们创办了自己的Cosplay舞台剧团：风火山林。在舞台的聚光灯下，他们"变身"为自己热爱的动漫角色，周围是信任自己的团友，台下是热爱自己的粉丝。梦幻舞台，劲歌热舞，自己仿佛就是从二次元走出的真身，那种释放自己的感觉，让她觉得太值了！

2012年对千岁来说是很特别的一年。那个夏天，千岁带着风火山林的《太鼓达人》以奇特的创意和大胆的排演以北京赛区第一名的成绩进入 2012ChinaJoyCosplay 嘉年华全国大赛，并最终取得了"最佳表演奖"。

千岁在博客里写道："领奖的时候团里好多人哭了。作为带头哭的那个……其实我也不知道为啥会哭得这么厉害……大概是这一路走来，本来只是想让青春不虚此行，最后却出乎意料地迎来了一个完美结局吧。为之付出过，从未奢望过能有怎样的结果，而最后竟然能有这样的回馈。"

喜欢就是最大的动力

早年玩 Cosplay 没有网购的便利，他们大都是多面手，服装、道具、化妆样样精通：他们能细数自己所在城市的布料市场；明白哪种易拉罐的金属颜色最好，韧性最大；知道什么颜料在身体上绘出的颜色最鲜艳。他们一边在制作道具的时候叫苦，一边在出镜时摆出最吸引眼球的姿态。随着越来越多人的热爱和加入，以及现实里服装道具产业的发展，自己动手做服装道具的少了，转头去琢磨怎么比别人做得好的人多了。当他们走上舞台，华丽随着聚光灯的亮度翻倍升级，舞台上满满的闪亮角色让人无法直视。秀一段华衣美妆，演一段小剧场故事，再大大地摆个造型，引得台下粉丝神魂颠倒。内容似乎不重要，华丽炫目才是秀的重点，但是风火山林的《太鼓达人》并没走流行的华丽风格。千岁说："我只想证明，其实一个舞台并不需要用各种服饰美好的人去站满，也并不需要摆上很多扇屏风来回开合来证明自己出 Cosplay 舞台剧的诚意。Cosplay 除了人物之外，还有很多其他的东西可以挖掘。去留意一些细节，永远对原作保持诚意。这大概是我现在所坚持的最重要的东西。"

离开校园，千岁与大学时代的她有了很多不同。大学时代一门心思为 Cosplay 燃烧，毕业后有了现实的工作，也有了更多的顾虑。尽管社会和家庭并不理解她的职业，不过千岁还是非常坚定地给自己鼓劲："玩 Cosplay 已经成为一种习惯了，自然而然地就想要继续下去，喜欢就是最大的动力。"

不久前，千岁出了一套网游《剑侠情缘 3》中五毒门派成年男性的 Cosplay 照片，其中有一张照片叫"醉舞九天"。照片中的她半浮空中，身边蝴蝶翩跹，尽显风情。为了这样一张"神还原"的照片，千岁花尽心思。服装道具自不必说，拍片前，最重要的是和摄影师沟通：详细的构图、画面内容、需要的布光，还有各种小道具。拍摄过程中她一直保持着下腰的姿势，为了得到最好的动作感还需要助手一直帮忙甩衣服下摆。"真是需要天时地利人和才能拍到一张好片子"。

在千岁的微博中有长长的一串职业介绍：舞台剧编导，广播文艺编导，媒体策划人，晚会导演，风火山林 Cosplay 舞台剧团创始人……于千岁而言，这已不仅仅是一份职业，更决定着她生活的轨迹。"我以前很内向，也讨厌面对镜头，不过做这一行就会改变。"大学之所以选择文艺编导专业，也是基于做这一行要用到PS、音乐剪辑、舞台编排这些技能。

为了带团上舞台，她花很多时间去看各种歌舞剧，自己也会跳舞，甚至为了学武术和对手在武馆对练，"拍打戏的时候特别怕伤到对手……超级纠结！"而去跑步练体力更是一种习惯。每当在做与 Cosplay 相关的事情时，千岁便觉得整个人特别兴奋，很多事都变得轻而易举："连其他的工作都变得有意思了！充满激情！"一直到现在，在 Cosplay 领域里积累的东西都让她的生活充满正能量。

目前身兼数职的千岁常感叹时间的奢侈。对现实世界的职业她有更多的期望："真的很希望能够做一些与舞台和 Cosplay 相关的工作。做自己喜欢的事才能全身心地投入，所以我也会寻找一些契机，做一些资源的积累，试着在 Cosplay 方向有更多的发展。我的目标并不是要出名，而是更希望自己能做一个有实力的Cosplay 舞台剧导演。"

Cosplay 这个圈

很多圈外人觉得，Cosplay 圈光怪陆离，圈里人的关注点在虚拟世界，对现实世界缺乏了解，烧钱、胡闹、混乱是很多人对这个圈子的感觉。

千岁在这个大部分成员是学生的圈里发现了很多让自己感动的东西。因为喜欢动漫，喜欢 Cosplay，圈子里的很多人单纯而有热情，做 Cosplay 的时候尽心尽力，对自己想要做的事情坚持而努力，对待周围的朋友也真诚简单。他们大都心怀梦想，在走入社会之前坚持自己的 Cosplay 世界，走入社会之后依然保持热爱一切的心。对于圈里之前爆出的负面消息，千岁很气愤，同时也给圈里的年轻人们提示："不管是长辈还是前辈，我还是希望大家要尽量传递给后辈一种比较正确的价值观，年轻人也要学会保护自己，玩 Cosplay 的姑娘们很多都长得很漂亮，大家要敢于对那些坏人坏事说不！"老师范儿十足。

面对圈外人的不理解，千岁很淡定："就好像很多人一开始无法理解街舞一样，新生事物总要碰到一些挫折和白眼的。"她明白他们的无奈——这不是一份别人眼中的正经职业。在这个圈里，即使是一线知名的，绝大部分也有自己在现实生活中的本职工作，99％玩 Cosplay 的人都是投入比收入要多，"入不敷出"确实是常态。

身为"90后"的千岁在虚拟和现实之间徘徊，偶尔叛逆，却在 Cosplay 的陪伴下成长，接触社会后更体会到了很多现实的东西。在现实的生活中，千岁经常隐藏她的身份，因为粉丝的热情和公众人物的身份在生活中会对她造成困扰，而最郁闷的就是总有人拿"看动画片"来揶揄她。

"我个人希望大家还是能把我当作一个普通人来看待。我只是一个喜欢动漫、喜欢文艺、敢于创新的年轻人罢了，并不希望因为喜欢动漫就成了'学习不好，不成熟的坏孩子'，毕竟我从小到大成绩一直都不错嘛，哈哈。如果用粉丝量或者单纯的某一方面来评价一个人，那就片面了，希望大家能多方面地客观地了解我。"

千岁的梦想，是在二次元和三次元之间找到平衡。她坚持自己，努力地寻找平衡两个世界的办法，静静等待，用时间检验自己的梦想。

"我也不急于在当下实现，等到我 90 岁了如果有机会去实现，我大概还是会欢欣雀跃地去做。"能坚持到 90 岁的梦想，多美好。

很多人的人生为名利欲望所苦，

被房子和票子压迫，

犹如困在密室，而且找不到开门的密码。

破锁而出——密室逃脱现实版

◎ 陈 敏

"80后"女孩韦薇痴迷"密室逃脱"系列的电脑游戏，逃出"蓝色房间""动物行星"等都不在话下。技痒难耐，她在游戏QQ群里请高手设计一个现实版的密室逃脱，来次智力挑战。

果真有人回应。不久，韦薇被"关"进了一间配有子母密码锁的房间里，一小时不能出来即告失败。

她四处搜寻线索，窗帘后、桌子底下、抽屉里，最后在冰箱的冰块里找到了密码纸条，进入第二个房间。但这次的密码太隐晦，她和同伴们才找到两个线索，时间已到。虽然有遗憾，但进入游戏后的兴奋和专注一扫庸常生活的烦闷。

回家后意犹未尽，韦薇和朋友陈子太、宋楠聊到兴起，决定开一间真实版密室逃脱室。一群整日对着电脑的孤独的宅男宅女忽然被关在陌生的地方，需要团队精神，充分发挥智慧，找到线索才能"破"门而出——不是比一起吃饭 K 歌好玩得多?

密室逃脱,2006 年就在美国硅谷出现过现实版:年轻的系统程序员们以英国侦探小说家阿加莎·克里斯蒂的小说为灵感,设计真实的密码房间,邀约高手过招。据说至今只有 23 人成功逃脱,此密室也成为硅谷新的传奇。能不能在南京也打造这样一个传奇?

2012 年 3 月,面积逾 150 平方米的"蓝房子密室"在南京正式营业,同时创建了官方微博和淘宝店,网上售票,50 元一张。韦薇和朋友都有不错的工作,做这个纯粹是出于兴趣。

"这是真人版的密室逃脱,比 KTV 更有趣,快和朋友们一起来体验吧!一间房子,墙上看似随意的数字、花瓶里的花,还有天花板上那滴血渍,似乎都是线索。而你需要找到每个线索,按照线索的提示打开一个个机关,在一个小时内走出密室。在规定时间内破解谜题,还会得到我们赠送的礼物。"

100 多张门票在两天之内就卖光了,至今每个周末都要接待一两百人,包括外地顾客。

现在"蓝房子"有四间主题密室,每一个主题都是原创的。线索的设计、创意的运用、缜密的考察、难易的把握……打造一个主题往往需要花半个月时间。布置房间也不容易,甚至涉及加装水管、改装电路。有个房间需要利用镜面反射原理,让灯光通过镜面反射到墙上某个固定的数字,成为密码线索之一,谁知真正操作时，由于反射面的粗糙等原因，反射光线每次都有误差，耗时良久才解决。

韦薇还特意与凶案组刑警成为朋友，常常讨教一些专业问题以更新密室主题。

她曾设计一个叫作"迷室魅影"的破案主题：一位警察在调查一宗谋杀案时离奇身亡，玩家作为他的亲友，整理遗物时发现线索，需要搜集法医的验尸报告、刑讯笔录及一些物证。其中有一个环节是找到一盒磁带，磁带有一段空白，长达 15 分钟，然后才能听到一串关键数字。

玩家要把这串数字分为四组，第一组是书名，第二组是页数，第三组是行数，第四组是字数，最后拼成一句话，揭开内幕。

密室主题设计还会融入世界大事件，比如"逃离核电站"："时间转到一年前，福岛核电站因为地震的影响即将发生恐怖的爆炸，而我还被困在这里！救命！我要逃出这个房间，只有一小时，能做到吗？"

最新主题是"永不沉没的泰坦尼克"和"记忆迷失"，设置了不同的曲折故事，而你和你的团队就是唯一的主角。

第一批玩家是呼朋唤友的大学生、白领，后来有企业来此做团队培训，也有父母带着孩子一起来。大家齐心协力寻找线索，出谋划策，一起为成功欢呼雀跃，也为出逃失败共同遗憾。

韦薇说："与网络版相比，真人版密室更刺激，亲身经历破案环节，亲手打开密码锁，很有成就感，而且需要团队协同合作，为了一个目标奋战到底，也能培养特殊的情感。"

虽然"蓝房子密室"经营得不错，但因为票价低，每月除去房租、店员工资，所剩无几。如果经营步入正轨，韦薇考虑全职投入。

"我从小就爱看侦探小说，现实版密室逃脱满足了我的兴趣，算是梦想成真，希望今后还能在全国各地开密室连锁店。"

现实版密室逃脱已经在上海、北京、成都陆续登陆，而南京出现了第二家。韦薇认为这反映了上涨的市场需求，并不担心在竞争中落败或者密室主题的枯竭。26 岁的她此前做过媒体广告，干过行政工作，唯有这一次，如此贴近梦想，可以安置自己太多天马行空的念头。

很多人的人生为名利欲望所苦，被房子和票子压迫，犹如困在密室，而且找不到开门的密码。韦薇这群"80 后"，"我的地盘我做主"，寻求凡俗生活里智力挑战的趣味，寻求虚拟世界外志同道合的同路人，破"锁"而出，获得另一种自由。

谣言粉碎娘：让流言现行

◎ 王菲宇

科普网站果壳网"谣言粉碎机"主题站编辑"飘飘37"被同事和网友戏称为"第二代谣言粉碎娘"。这位海归农学小清新身负粉碎谣言重任，致力于传播质疑精神。

想用几个标签化的词语描述李飘并不容易。和所有女孩一样，她喜欢色彩鲜艳的连衣裙，对自己上镜后的大脸"耿耿于怀"，这个姑娘有着一脸从容的表情，说话简明扼要。她与人们印象中古灵精怪的"90后"并不相同，与人们想象里死板乏味的"科学女编辑"也不一致。

在科普网站果壳网上，李飘的 ID 是"飘飘37"，她是果壳网主题站"谣言粉碎机"的编辑。因为是建站以来的第二位女编辑，李飘也被同事和网友戏称为"第二代谣言粉碎娘"。

她与果壳网的渊源可以追溯到两年多前。2011 年，在美国康奈尔大学读农学的李飘在果壳网发表了一篇名为"萝卜为什么是橙色的？因为荷兰人喜欢"的日志，大受欢迎。果壳网的主编徐来注意到这个"90后"姑娘在科普上的潜力。2012年5月，本科毕业之时，李飘向果壳网投出了一份简历，后来便成为第二代"谣言粉碎娘"。

接过"谣言粉碎娘"的接力棒，李飘有些诚惶诚恐——自果壳网成立以来，"谣言粉碎机"一直都是人气最高的主题站之一。

高人气并非没有原因。市面上盛传的谣言大多来自人们最关心的食品、卫生领域。比如"吃一只烤鸡腿等于抽60根香烟"的说法。这一流言实际是拿鸡腿烧烤后产生的苯并芘含量与香烟对比，不仅夸大了烤鸡腿中所含苯并芘的量，更刻意忽略了香烟中所含的其他有害物质。仔细分析不难发现其中的逻辑漏洞，但被这类谣言忽悠的群众并不在少数。一些生命力"顽强"的谣言每隔一段时间就会流传一次，有的甚至流传超过10年。

同样令人头疼的还有公共事件发生之后的谣言。2011年3月11日，东日本大地震发生后不久，微博上开始流传一个"生命三角内存活机会最大"的帖子。这一说法早在汶川地震后就曾被科学松鼠会批驳过，但在突发灾难面前，再度"起死回生"。

接过"谣言粉碎娘"的接力棒仅仅一年，李飘已经遭遇几次需要迅速反应的公共事件。

让她印象深刻的是"H7N9事件"。当时网络上充满各种谣言，有人猜测 H7N9 型禽流感与黄浦江上漂浮的死猪有关，也有人传言板蓝根可以预防 H7N9 型禽流感。面对疫情，"果壳问答""健康朝九晚五""谣言粉碎机"等主题站的编辑们组成了一个小团队，大家各司其职，有专门的编辑关注官方报道，了解最新动态，将第一手资料汇编成文，同时"果壳问答"第一时间为读者答疑解惑，一旦出现疑似谣言，立即调查辟谣。

4 月 5 日晚上，"果壳问答"发布了文章《一起认识禽流感》，将关于 H7N9 型禽流感的问题做了整理汇编；当天晚上，果壳网"谣言粉碎机"小组关于板蓝根究竟能不能预防禽流感的争论有了100 多条回复；之后果壳网"健康朝九晚五"主题站发文，对禽流感进行图解；同一天，果壳网上一篇名为"禽流感，会成为另一场 SARS 吗"的文章，对几种实现跨物种传播的禽流感进行了比较分析，并用绿色的粗体标题告诉读者：有危险，但无须恐慌。"在危机和灾难发生时，公众对准确、可靠的科技内容有更强烈的需求，我们的努力能够帮助公众消除恐惧，遏制谣言的传播。"

"谣言粉碎机"主题站的文章一般邀请相关领域的专业人士操刀，从专业角度对谣言进行分析和讲解，从而将谣言"粉碎"。不过在李飘看来，简单地辟谣并不是"谣言粉碎机"真正要达到的目标。

果壳网创始人姬十三转过一条微博，说一个女孩是"谣言粉碎机"的忠实"粉丝"，但她总是认真地将每一条谣言记录下来，然后按照谣言的方法去做。这条微博也许是个半开玩笑的"段子"，却让李飘意识到，摆出事实、说明真相远远不够，"谣言粉碎机"更重要的任务在于培养读者独立的思维能力。

　　"爱真相，不爱流言；爱考证，不爱轻信；爱证据，不爱权威；爱科学，不爱迷信"。这四句话是"谣言粉碎机"主题站的宣传语。这四句话里，李飘更强调"考证"。只要现实条件允许，李飘和同事们就会设计实验，亲身验证流言的真假。一些谣言来自翻译中的偏差，因而在粉碎之前，李飘和其他编辑会厘清谣言的来源，并在文章中对信息来源进行详尽解释，很多谣言不攻自破。让这位"谣言粉碎娘"欣慰的是，伴随着质疑精神的传播，谣言的生存空间正逐步缩小。"不过，我也一直在修炼自己的谣言粉碎能力"。

心有野马，家有草原

◎ 玛雅绿

关小草有两个工作台，一个铺满了白色的羊毛毡和宣纸，用来练毛笔字，一个摆满了各种瓶瓶罐罐、小石子、木头和花花草草。在朝南的大玻璃窗下，她每天起床的第一件事就是给各种花花草草浇水。如果淘宝店里有订单，在确认付款后，她便开始根据客人的需求做"微观绿植苔藓瓶"的材料包，每一样都细心挑选并包装，尤其是苔藓中的沙砾或小虫，都必须用镊子一个个清理干净，像修表匠那样专注地完成，然后分类、装袋、喷水保湿、做标签，将写有制作方法的说明卡也一起装好，然后发快递寄走。

数日后，收到快递的顾客就可以根据自己的需求，搭建微型的森林、草原、田园等景观了。透明玻璃瓶内的微观绿色世界里，毛茸茸的绿色苔藓就是四季常青的草原，铁线蕨就是大树，网纹草就是灌木，迷你的木屋、小鹿、松鼠、蘑菇等树脂摆件就是其中的主角。你需要做的是避免让阳光直射苔藓瓶，记得偶尔给它们透透气、喷喷水，以保持湿度。

在买苔藓瓶的顾客群里，姑娘们占了多数，她们喜欢将这样"麻雀虽小，五脏俱全"的绿色世界放在办公桌上或床头，也更愿意选择小鹿、松鼠、花仙子、龙猫等迷你摆件放到苔藓瓶中，那是她们儿时的伙伴，也成就了成人世界里的童话梦。购买苔藓瓶的小伙子们很多是买来送给心爱的姑娘的，就像那是自己能给姑娘的最美的家园。

由兴趣而起，最后变为悦人悦己的生意，这连关小草自己都没料到，因为她曾经的梦想是视觉设计师，并且更倾向于平面设计。

如今她的梦想却变得"立体"起来，并且让她越来越享受其中的乐趣。

每一个苔藓瓶内的景观都是独一无二的。

做给内心还住着童话的人，可以做得很可爱，像迪士尼乐园；做给内心安宁成熟的人，可以做得开阔自然，像夏日清晨的森林；而做给内心清净、无欲无求的人，则可以像日式禅道庭院那么清简……

对关小草来说，制作苔藓瓶的契机，来自对花花草草的热爱和自己心里住着的那个小女孩的梦想，而苔藓瓶本身又具有类橱窗式的视觉设计性质，再加上身边有一个随时都在鼓励她将各种想法和灵感付诸行动的男朋友，于是，她决定试试看。

　　最初，她实验性地制作出了几个圆形苔藓瓶放到朋友的实体店里试卖，没想到很快卖光，后来她开始在网店销售。渐渐地，她制作的速度赶不上售卖的速度了，苔藓瓶也从圆形玻璃瓶慢慢发展到柱形玻璃瓶，再到长方形玻璃缸，容器越来越大，顾客也越来越多。而最受欢迎的一款苔藓瓶，也是定价最低、体型最小的，但其实是制作最麻烦的，因为瓶口太小，只能用长柄镊子进行各种材料的摆放操作。很多顾客都是游客，小小的一个绿色世界，完全可以轻松放进随身的包里。关小草有了自己的实体店后，很多放学路过的女中学生都被吸引进店里，有的拉着爸爸来给自己买，有的是拿出自己的零花钱买给"姐妹淘"（好朋友）当生日礼物的。相比传统的鲜花或绿植盆栽，这个更美、更丰富的微型绿色世界受到了大家的欢迎。如今，关小草正在研究如何利用民间传统手工艺来丰富自己的产品。

　　空闲的时候，关小草会与朋友一起去爬山，顺便背着竹篓一路采苔藓或捡一些搭配用的小木枝、松果等。对她来说，一个个缓慢生长着的苔藓瓶，可能正是买走它们的人的内心微缩景观，在那个小小的世界里，有他们儿时梦想的投射，也有成年后对理想生活方式的渴望，它们在自己主人的床头、案上日夜相伴，彼此映照。

　　对关小草自己来说，这是"赠人玫瑰，手有余香"的好事；而对拥有它们的人来说，可能会是"心有野马，家有草原"的乐事。

谁都会是一个传奇。

眼前这个地球男人，要用音乐为媒介，

在时空中搭出一列火车，通往无限可能。

丹心挥洒新愿 /

这个男人来自地球

◎ 陈 敏

　　CD 封面上，这个男人不苟言笑，清雅出尘。生活中我见过他两次，第一次在他的录音室，第二次在二环路一个闹中取静的茶室。爱笑，没有半点架子，他说自己就是个音乐工作者而已。

　　李志辉，NewAge（新世纪音乐）作曲家，电子乐演奏家。他在河北老家学过 10 年二胡，去海南夜店弹过 3 年键盘，来北京跟着鲍家街 43 号乐队玩过两年，和兄弟们组建过地平线乐队……2005 年，他推出第一张原创地理音乐专辑《我们远去的家园》，这张专辑被评为"全球新世纪音乐专辑年度十大最受欢迎亚洲专辑"。之后，他陆续出过多张纯音乐专辑，包括《八吉祥》《帝宫》《补天》《秦川》《牧游》等。

　　李志辉编曲有自己的风格。《青瓦白墙恋徽州》里的笛，《水墨丹青凤凰城》里的箫，《幸福洋湖》里的萨克斯，《普庵咒》里的古琴……这些乐器的独白都很出色，但不突兀，与其他乐器浑然一体，传达出平衡的美感。

从乐队的键盘手到举办"带你的耳朵去旅行"音乐会的音乐人，李志辉越来越关心艺术能达到怎样的高度，创作又能挖掘到灵魂的第几层。

李志辉说："将来也许能带着一把二胡和哥们儿去月球上为外星人办音乐会。"

NewAge

李志辉被归入中国的 NewAge 音乐家行列，但这种音乐到底是怎样的？

30 年前，加拿大钢琴家米恰·琼斯出版了一本曲集，里面收录的乐曲听来如同静夜里雪花飘下来轻触地面，吹过干草的清风塞满呼吸，远处的天空中闪电有细长的折纹，落日映照的湖水拍打着堤岸……这种音乐不似演奏，更像大自然在窃窃私语，既有点风骨，还能流行。这种有点接近轻音乐，用来帮助人们冥思及做心灵清洁的音乐就被界定为 NewAge 音乐。

1981 年，爱尔兰的恩雅刚刚 20 岁。她没念大学，而是进入家族乐团担任键盘手，后来因厌恶乐团"迎合流行"而离开，之后做起了影视剧幕后配乐。1988 年恩雅发行了首张个人专辑，被惊为天人，开始带动新的流行风潮。她不说教，在歌曲《天使》中她唱道："伟大的奇迹，从不靠辞令。"1981 年，班得瑞乐团还未成立，那群在阿尔卑斯山林和瑞士河畔采集音源的年轻人，1990 年才推出了第一张专辑《仙境》。他们都是 NewAge 音乐的代表。1981 年，李志辉 10 岁，在父亲的安排下，他每天练习二胡，有时一拉就是 4 个小时。那时他没有想过未来，谁又能安排自己的命运呢？

命运自有安排。李志辉后来成为电子乐高手。经过嘈杂动荡的学习阶段，听过了各种乐器的呐喊，在自我放逐之后，他的笔端流泻的是完全不同于流行乐的无字之曲：月落云端、雨走屋檐、香燃佛堂、花开流水……

他不在意能否成为中国的恩雅，李志辉说："我觉得这些年最大的变化，就是敢于拒绝，敢于做我自己，不束缚，不规范。"

NewAge 音乐必须高雅？李志辉倒觉得广场舞也是好艺术，老百姓扭一扭就把一天的烦恼扭掉了。李志辉说："艺术不仅是娱乐，也是慰藉。你堵车时听我的音乐，若觉得舒服，我觉得就很好。"

来　路

看歌唱类选秀节目，年轻人为了赢得喝彩而结舌，为满抽屉的原创小样终于遇到知音而热泪滂沱。李志辉有过吗？同样的焦灼，愤怒，渴望爆发。

他笑道："有什么苦的？那时用酒精炉煮方便面也很开心。"

李志辉拉了 10 年二胡，以全省专业第一名的成绩考上大学。听他回忆拉二胡的经历，毫无被迫的怨恨："我喜欢山东名曲《一枝花》，二胡和扬琴合作演奏，很难。二胡易悲，但《二泉映月》我觉得不悲。人们认为阿炳穷困潦倒，所以这支曲子是悲苦的，可阿炳一生爱自由。我听过他的塑胶老唱片，从头到尾都有一股劲儿，能听出一种豁达粗犷和对生命深刻的认知。"

李志辉对自己的过往更无吐槽，就是两个字：挺好。

当年李志辉主动退学，惹得老妈哭了一场。他跟着几个哥们儿组建乐队，去海南淘金，在二胡、吉他、爵士鼓、提琴之后，又新学了电子合成器。各种演奏手法掌握日益纯熟时，他心里却长了草。"海南挺好，但老待着也没意思。高速公路没有拐弯，一脚油门到了终点，哪有什么风景。既然来人间一趟，酸甜苦辣都要尝尝。"李志辉说。

李志辉独自去了北京。有位"大师"建议他找名人当老师，有个依靠。他纠结过，最终没找。理论可以学，创作怎么学？在海南月薪 1 万多，到北京月薪 300 元，他有时就睡在公司的录音棚里。偶然的机会，他接触到了 NewAge 音乐，这仿佛一壶温茶，把心灵滋润得愈加平和。他边创作，边做伴奏谋生。

专辑《我们远去的家园》推出后，发行商很快找上门来，让他再出张专辑，并且给了他 15 张全世界最流行的 NewAge 音乐专辑。那段时间，李志辉天天听别人的音乐，倒把自己给弄丢了，写不出好东西。

模仿没出息，李志辉要的作品，是完全个人的。

2011 年，李志辉担任南岳国际道教论坛开幕式的音乐总监。一两个月内，他创作了六十多分钟的 NewAge 音乐，也为嘉宾毛阿敏、王铮亮分别写了歌，玩了一场颠覆性的原创演出，观众反响热烈。2012 年，诸葛亮文化旅游节开幕式文艺晚会也找他做音乐总监。不靠大牌明星抬人气，全靠他的原创音乐，这是很冒险的。他也担心观众会拂袖而去，还好他们都听到底了。

"灯光再好，烟花再绚烂，都会消散，但好的原创音乐能让人记住。"

这个男人来自地球

李志辉的每首作品都经过仔细雕琢，且不做商业宣传，只放在网上，谁都可以下载。

"你关心点击量吗？会不会据此来修改作品？"

"艺术创作没有优劣之分，但一定要认真。我首先要感动的是自己，随波逐流只能做出复制品。"

乐迷中有吃奶的婴儿，要听着他的曲子入睡；也有新近丧父的年轻人，在父亲爱听的《平遥古韵》里，寻找旧日情怀。偶尔有来拍砖的，他也不在意。李志辉说："听众需要引导，而不是去刻意讨好。一个作品他可能只听了一两遍，我在创作时已经听了一千多遍，会比听众更了解一些。创作就是形成自我、确定自我、坚持自我的过程。"

一路走来，李志辉也结识了不少神人。

李志辉的合作伙伴，楚源地云商科技有限公司的老总，早年弹过钢琴，做过纪录片，当过超女编导，现在要带领小伙伴们"重回云上生活"，捡回旧时珍宝。前不久，两人一起去湖北大山里头，听八十多岁的老人唱歌。他的另一位合作人，家里停着保时捷，天天骑自行车上班，曾带着二十多人去法国参加骑行活动，从商只为更自由。

一首乐曲、一辆自行车，都可以是面对世界的态度。

李志辉打算至少做两场自己的音乐会：一场是盲人七彩音乐会，健全人也蒙上七彩丝带入场。他跟光明天使基金会聊过，演出收入会捐出来做慈善。另一场是宇宙音乐会。庄子逍遥游，和天地互通，而现在的世界杂音太多，人们内心和宇宙连接的天线都被切断了。

李志辉说："我要用 3D 和环绕音响描绘历史和未来，重新联通这个天线，让人看到，哦，宇宙是这样的，太好玩了！"

谁都会是一个传奇。眼前这个地球男人，要用音乐为媒介，在时空中搭出一列火车，通往无限可能。那里可能一无所有，可能应有尽有。

画个圈叫马克·*mark*

◎ 罗 西

创业男主角

杨浩给自己起的绰号叫"果一"，是为了提醒自己"种因得果，抱元守一"。"90后"的他是厦门大学大四的学生，是个能力与魅力并存的创业者。

杨浩是辽宁盘锦人，选择到厦门上学是因为"非常喜欢大海，还有对厦门这个城市有一种莫名的好感"。

杨浩来自单亲家庭，上大学后为了帮母亲减负，他想了很多办法。最初，他在学校门口开了一家精品格子店铺，格子铺的定位是"把身边的一些闲置物品寄售在那边，如果有人买，就帮寄售的人卖掉，从中赚一些佣金，就像一个小当铺"。这个创意很有社交群的雏形。

　　"当时我有一个想法：能否将每个人的闲置物品信息都上传到某一个网站或者平台，并且与附近的人达成交易？就像是把我的格子铺搬到互联网上去。但是当时我没有技术，所以就先搁置了。直到大三下学期，和一个同学聊天的时候我谈到了这个想法，他说他可以负责简单的技术，于是我们就开始做这件事情。"

　　不过，创业是实打实的活儿，很多事情不是想到就能做到，比如如何构建团队就是头等大事。杨浩去找老师推荐，找同学了解，但是效果都不是很好，理想的技术人才虽没有着落，杨浩和他的团队也没有闲着，他们把一个外卖网改造成了能帮人代领快递的网站。"我当时的想法是，如果我能把学生们的物流链条抓在手里，再出售或者推荐一些其他的商品就会很容易了。"

　　刚创办"咔咔啦校园物流配送中心"的时候，不管是快递公司还是学生，都对杨浩的团队不太信任。一开始他们没有多少资金，只在校内一个小超市的地下室租了个地方做中转站，月租金400多元，没空调，夏天出奇的热，到了冬天又特别冷。刚开始，一天下来才接几单或者十几单生意，但是杨浩有信心，"总有一些重要的事情赋予我们打败恐惧的勇气"。就这样，他们在那个地方坐了一个多学期。

　　"代领快递这事儿其实在天气越恶劣的时候需求越多。我们第一次接到很大的单量是在一个台风天，当时风雨交加，但是快递的订单已经发到我们的网站上了，系统也默认接收了。我们花了好几个小时去快递公司把货品拿回来，怕货品被雨水淋湿，保存得非常仔细，还要及时发放出去……第二天，大家基本都感冒了，但是人手不够，就带病继续干。"第二个学期一开始，他们的订单量就在一天天增加，后来几乎每天都有上百单。这时候，一些学生团队开始模仿杨浩的做法。"当时模仿我们团队的有七八个，但是代领快递是吃力又不讨好的活儿，所以其他团队基本做几天就不做了。而我们能坚持下来是因为我们一开始就没把代领快递当成我们未来的发展方向，这也是后来我们坚持转型的原因。"

所谓"坚持"，说来容易，落实起来却是那么琐碎，那么难熬，但是你得咬紧牙关做下去。"咔咔啦校园物流配送中心"终于广受欢迎，也有了些小名气，业务范围基本覆盖了杨浩所在的学校和附近的学校。此时，杨浩带领他的团队把那个网站转型为"优良集"——"把大家身边闲置的物品或者代购的东西加进来，然后利用我们的物流优势帮助客户完成他们的事情"。

开展这个项目的时候，杨浩已经大四了。他的专业成绩不错，综合能力也可圈可点，所以从大三开始就陆续收到了几家知名公司和电视台的 offer，但他没有放弃理想，最终和同学成立了优良集网络科技有限公司。

"半径为 2000 米的社交圈"叫马克（mark）

大四的时候杨浩的团队参加了一个叫作"两岸创业周末"的比赛，获得了第三名，是当时唯一一个获奖的大陆学生团队。这时，杨浩想将他们做的东西整合成为一个有意义、受欢迎的 APP，于是这个叫"马克 mark"的项目诞生了。

起初，懂 APP 开发的程序员和设计师都还没有着落，公司想转型，但又没什么进展。

"伙伴们一度比较消极，都有些动摇。那时候，我也恰好接到了一个非常棒的电视台的 offer，如果我选择了那个工作，团队一定会散了。那段时间我比较纠结，后来硬着头皮一点一点做下去，我们团队也就越发有战斗力与自信。"

这款 APP 暂时定名为"马克 mark"，是海王星的一颗卫星的名字，同时"mark"也有标记、记号的意思。"马克 mark 是一款能够把你所发布的话题永久定位在当前坐标的 APP，就像我们小时候在书桌上刻字或者是孙悟空的'到此一游'，而能够看到这个话题的是在它附近 2000 米以内的人们。我们认为只有在相近范围内的人们才更想了解彼此到底在谈论些什么，我们希望能够用'附近的话题'来聚拢年轻人回到现实生活中，加深彼此的了解。"在移动互联网时代，身边的陌生人越来越多，我们连身边的邻居都不认识，更别说主动去认识我们身边出现过的陌生人了。"互联网让世界更小了，却让我们与身边人的距离变得更远了，我希望找到一个途径，让身边的人互相认识，通过互联网帮大家消除尴尬和陌生感。"这就是杨浩做这个 APP 的初衷。杨浩说："在这款 APP 里，我们尽量把交友方式从以往的看脸、看钱引向话题，淡化性别和头像，尽可能地更符合现在年轻人使用社交软件的习惯。"

这是一支充满朝气与专业精神的"90后"创业团队，有大三就在腾讯、阿里巴巴工作过的程序员，也有拿过法国大奖的设计师。

"这些人从和我一起做这个APP开始到现在，还没有拿到工资，因为软件还处于开发阶段，大家也比较理解。我们工作起来还是蛮辛苦的，几个人合住在一间十几平方米的小屋里，屋子里两张双人床睡四五个人，早上七八点起床，一直工作到晚上11点休息，周而复始。"为了修复赶进度，他们的团队两三天不睡觉都是家常便饭。

杨浩与他的伙伴们在厦门画了一个半径为2000米的社交圈，做了一个叫"马克mark"的APP，充满想象力与现实意义。我相信杨浩的判断力与执行力，因为他有翅膀，还脚踏实地，还有什么事情是他做不到的呢？

那个在夜色里捕鱼的沉默少年，

人生已经跑出了

无限的精彩与可能。

丹心挥洒新愿 /

陈盆滨：从渔村少年到极限跑英雄

◎ 鲸 书

持续奔跑 41 小时 12 分 6 秒，陈盆滨再一次创造了中国人极限马拉松的新纪录：255 公里。近日，在第三届希腊德尔斐——奥林匹亚极限马拉松赛中，他一举取得了第三名的好成绩。没有人知道，这位头戴橄榄枝桂冠、被镜头簇拥的运动员，18 岁之前甚至没去过县城，没穿过运动鞋。

渔村小子

陈盆滨出生在浙江省玉环县的一个小渔村里，渔村的生活单调寂寞，打架是小男孩们唯一的娱乐。小学毕业后，才 12 岁的陈盆滨就开始帮家人干活，挑水、挖红薯、拉渔网。他挑着 60 公斤土豆走山路，中途从不休息。他是家人眼中沉默懂事的少年。夜里出海，海风喧腾，陈盆滨盯着黑沉沉的水面，心里茫然，"这辈子就这样了吗？"撒网，捕鱼，一做就是 10 年，直到 22 岁。

2000 年，县里举办俯卧撑比赛，参赛者基本是公安人员和武警战士。陈盆滨偶然经过，经人鼓动上场，一口气做了 438 个，被人推了一把才停下来，起身一看，人都没了。他拿到 600 块钱和人生中第一个冠军，心里一动，意识到，除了出海，人生还有其他可能。

陈盆滨开始了运动员生涯。第一次参加马拉松比赛，毫无经验的陈盆滨甚至穿着皮鞋，成绩却仍达到二级运动员的水准，在组委会成员诧异的目光里，陈盆滨接过奖牌。

扛 75 公斤沙包走 220 个台阶、扛 20 公斤水暴走 14 个小时的电视吉尼斯，某卫视全程直播的真人秀，大部分选手是老外的国际山地公开赛……2001 年后，陈盆滨毫不挑剔地疯狂参赛，并且无一例外地打败专业选手，拿到了冠军。在此之前，他唯一的跑步经验来自幼时与小伙伴在渔村赛跑。

这是陈盆滨的马拉松启蒙，也是他最快乐的时光。但好日子很快过去，生活的重压如影随形。荣誉不能当饭吃，捕鱼赚不到钱，参赛奖金微薄，更糟的是，2003 年父亲因肺病不能再做工，生活的窘迫让陈盆滨一家不得不卖掉渔船。陈盆滨回到老家，在附近乡镇的一家阀门厂打零工，搬水龙头的零件，每天连续工作12 小时，月薪不到 2000 元，他却还想着跑步。

奔跑吧，少年

陈盆滨当时性格内向，见了喜欢的女孩子，心里着急，却只想着避开。面对亲友的责难，他并不为自己辩解，只是带着少年的不甘与倔强，悄悄坚持训练。"我要是去比赛，家里就没了主要劳动力，他们都骂我是疯子，但我无所谓，我要证明自己生命的价值。总有一天他们会知道我是对的……"回忆当时的情景时，陈盆滨羞涩地笑了，他否认自己是想出风头，"我不想平庸。如果不是跑步，我现在十有八九会成为一个渔民吧。"

转机在 2004 年出现，某知名企业董事长被他的事迹打动，决定赞助他的比赛——闲时他在这家企业里做保安、搬货、修剪花草，有比赛时可以外出参赛。之后 5 年，陈盆滨的超强耐力一次次得到展现。

仅在 2009 年，他就收获了 26 个冠军，成为第一个登上美国《户外》杂志封面的中国人，被誉为中国户外"执着自己梦想的民间英雄"。之后，"耐力狂人""极限达人""中国耐力王""中国铁人"……荣誉接踵而来。

参加国内比赛一帆风顺，难逢敌手的陈盆滨决定尝试国外的比赛。一个偶然的机会，陈盆滨从朋友那儿了解到世界七大洲超级耐力跑比赛，这项世界顶级户外极限赛事以高难度、低完赛率著称，跑道上几乎见不到中国面孔。

2009 年，陈盆滨第一次走出国门，参加法国环勃朗峰 106 公里耐力跑比赛，世界顶级耐力跑赛事中第一次出现了五星红旗。

他没有想到，竞赛生涯里最大的打击正等在前方。因缺乏经验和语言不通，陈盆滨没带登山棍，不知道勃朗峰的低温环境会给膝盖造成巨大损伤，他患上了膝盖积水。

回国后，陈盆滨辗转求医，但收效甚微。他干脆用了拔火罐的土办法，膝伤至今没能根治，现在无论去哪儿，陈盆滨都会带上拔火罐用的小罐子。此后几年，伤病持续折磨着他，这对运动员来说几乎是致命的。他的比赛成绩骤然跌入谷底。

2011 年，陈盆滨参加美国西部 161 公里耐力跑前，伤势突然加重。不甘心放弃比赛，又担心在美国就医的麻烦和费用，陈盆滨在国内打了封闭针，就义无反顾地上了飞机。比赛时，一到沿途的休息站，他就拼命吃土豆加盐，补充钠盐以缓解疼痛。但咬牙跑了 100 公里后，陈盆滨已无法在组委会规定的 24 小时内完赛。组委会了解他的伤情后，破例为他延长计时，并派未能报上名的选手陪他跑完了最后 61 公里。

国外参赛之路困难重重。办理签证、独自乘飞机，对只有小学文化程度的他来说，一切都是巨大的考验。语言不通，陈盆滨每时每刻都提心吊胆：在哪儿集合，几点拿号码牌，他一概不知。他想了一个办法，提前让人写好基本对话的字条，需要交流时，就拿相应的字条指给对方看。第一次出国时，他吃了一口沙拉，就哇的吐掉，饮食完全不能适应。走遍七大洲，他最爱的食物仍是家乡的鱼鲜。

跑出精彩和未来

代表中国人站到极限马拉松赛场上，是陈盆滨出国参赛的初衷之一，但因中国选手太少，而超级耐力跑在日本有很深的群众基础，在这些赛事中，日本选手数量多、装备齐全，常有日本电视台跟随拍摄。陈盆滨总被误认为是日本人。他就披上国旗参赛，这样参加过数次比赛后，熟悉的国外选手会朝他竖大拇指，叫他"ChinaChen"。

极限马拉松比赛场地往往是沙漠、戈壁、雨林等极端环境，选手甚至需要交"尸体遣散费"。陈盆滨没有野外求生经验，唯一依靠的是从小在渔村养成的强烈的求生意志。比赛往往持续数日，不能睡觉，入夜后人精神松弛，极度疲倦，甚至会出现幻觉。

在穿越亚马孙丛林时，陈盆滨被大蚂蚁狠狠叮咬，脚上全是水泡，在沼泽里连脚都抬不起来，雨林环境复杂，遇到蟒蛇和蚂蟥也是常事。比赛中，人一直处于紧张状态，不敢松弛，是对意志的极大考验。这次在希腊，他奔跑在海拔 1000 米的山地上，偶然抬头，看见脚下如蓝色丝绸般的海面，觉得太美，定神看了几秒，不敢耽误，就继续上路。

十余年的跑步生涯让陈盆滨养成了自己独特的人生信条：不要急，不要争，"前面跑太快的人，后半程基本不能完成比赛"。他信仰"善"，即使比赛时间紧张，见到受伤的选手，他也会停下问对方："OK？"得到肯定的回答后，他才会接着跑。

今年年底，他将在零下 20℃的极寒天气下，挑战南极极限马拉松，成为全世界首个完成七大洲极限马拉松顶级赛事的人。陈盆滨对未来信心满满，他与出版社签了约，还想把自己的事迹拍成电影，激励更多的人。那个在夜色里捕鱼的沉默少年，人生已经跑出了无限的精彩与可能。

宁远：创造是一种生活方式

◎ 绿 衣

2014 年 4 月 27 日，在成都梵木艺术馆有一场特别的服装发布会。三楼的大厅被布置得素雅低调，座无虚席，每个人脸上都充满期待，翘首以盼。

慢慢地，灯光暗下来。T 台那头，一对对母女穿着亲子装携手而来。最小的女孩只有一岁多，手里还拿着小奶瓶，最大的也不过五六岁，走秀的模样天真淳朴，赢得粉丝一片欢呼。

她们身上的衣服，大都是宽松、舒适的款式，天然的材料——棉、麻、真丝，还有丝麻混纺；用色则是纯净的素色——纯白、淡粉、亮蓝、棕色；还有各种印花——像水墨一样洇开的黑白大花，像春天一样铺开的粉色小花……柔软的棉麻衣服，配着她们脸上可爱的微笑，美好的氛围溢满全场。

最后出现在 T 台的母亲是整场发布会的服装设计师宁远，她怀抱两个头戴花环的女儿慢慢走来。宁远自称是一个"坐在布堆里会两眼发光"的人，这场发布会的每件衣服都由她亲自选择布料、设计款式，寻找匠师制作，做好后再不断修改，最后亲自担当模特，展示给众人。

从主播到裁缝

这位身为母亲的年轻设计师，几年前曾经是一位端庄雅正的电视主播，汶川地震时，她噙着眼泪播报，被许多网友称为"史上最美女主播"，其后还获得中国播音主持领域的最高荣誉——金话筒奖。

虽然摄像机前的一丝不苟掩盖了她小女孩的心，但她在朋友圈里是一个出了名的手工布艺爱好者，常常得意地向朋友展示新做的口袋或新缝的被子，还会钻到小街巷的鞋店里，定做一双"老土"的皮鞋。

2009年，在获得了金话筒奖之后，她萌生隐退之意。先是凭着自己对手工和布艺的热爱，开始设计衣服，还开了一家网络小店售卖。开始只是副业，但创作美好的事物是令人上瘾的。2012年，她彻底离开电视台，完全投入创意服装这一行业，开了一家叫作"远远的阳光房"的咖啡厅——这里也是她售卖服装的实体店。

每个阳光明媚的下午，总会有姑娘慕名而来，在这里晒晒太阳，看看衣服。两年多时间里，宁远逐渐从主持人变成一个会写字、做衣服的裁缝。

这一切，始于某天，宁远突然想要一双小时候一直喜欢却没得到的丁字皮鞋。她逛遍了商场也找不到那种散发着童年味道的丁字皮鞋。宁远就把它画在纸上，在乡下找到一家皮鞋作坊，走进去问那个正在埋头做鞋的师傅："你能帮我做出来吗？"他看了看宁远递过去的图案，说："这个多简单啊。"

无数次的沟通后，想象中的丁字皮鞋终于摆在了宁远面前。后来，她将这双鞋子从一个想法到最后成品的过程，用文字和图片呈现在了网络上。她惊讶地发现，居然有不少人和她一样，想要一双这样的皮鞋，就这样，她开始做淘宝店。除了鞋子，还做衣服，所有她做出来的东西，首先是她自己想要的，不为取悦任何人。

她还记得，自己做第一件衣服时，还不会打版，拥有的只是"想将自己心爱的衣服做出来"的信念，于是她将一件特别喜欢的衣服按照车线拆开，分成一片一片，然后依葫芦画瓢，用新的布料重新裁剪，再缝起来，最后做成一件衣服。

有了第一次的成功，宁远开始看一些关于服装设计的书，学习一些技巧。慢慢地，她做的衣服有人喜欢了，需要的人越来越多，宁远就开始请版师、工人来帮忙。她主要构思、画图、选面料，对一些工艺和细节做出规定，然后由专业的版师来完成这个想法，版做好了再由工人批量生产。宁远从来没有把东西拿到工厂去做过，而是请技术过硬的工人在自己的工作室做——现在工作室已经有近 30 个工人了。只是这里不是流水线操作，每件衣服从头到尾都由一到两位师傅负责，这样保证人与制作的衣服之间有一种情感的连接。每件衣服都是一件作品，而不是冷冰冰的流水线作业产品。

到现在，"远远的阳光房"开张已有 3 年多，基本上每个星期会有 4 个新款上市，3 年下来，已有五六百款衣服。而最受欢迎的衣服甚至能有 1000 件以上的累计销量。这样算下来，至少有 6 万件衣服从"远远的阳光房"被一针一线地缝制出来，然后穿在姑娘们身上。喜欢宁远衣服的，有如春天嫩叶般的姑娘，也有荷花般温婉淡定的年轻母亲，亦有晚夏栀子般宁静芬芳的中年女性，还有历经岁月沉淀，眼睛里却闪着活泼光芒的老人……

宁远说："我觉得服装是不应该以年龄来划分的，我希望 5 岁和 50 岁的人都可以穿我做的衣服。如果你现在二三十岁，你可以穿我的衣服到老。"正是因为这样，在她的亲子装发布会上，既有老人，又有小孩，还有和她年龄差不多的妈妈。

越来越多的人爱上了阳光房的衣服，宁远在文艺圈的很多朋友都成了她的模特，她们常常聚在一起，喝茶、读书、看花、画画，都穿着同款不同色的衣服，就像姐妹一样。

创造，无所不在

在宁远的生活中，设计和缝制衣服只是一部分。她会自己设计、改造、搭建花架，种花，自己拟就菜谱，一粥一饭、一草一木都出自她的原创。她爱写字，一点一滴从心里流出的文字慢慢积累成了3本书。她自己画画，为书配插图，还把自己的画绣成香囊送人。她还拾起了儿时喜爱的舞蹈，穿着自己设计的衣服，在练功房里释放那个爱跳舞的灵魂。她开设了个人电台"宁不远"，静静地读一些文字，分享和女儿的对话及女儿讲的小故事。

对于原创，宁远说："做衣服只是我表达自己的一个方式。除了做衣服，写作、做饭、画画等也是我在表达对世界的看法，或者说是表达我的生活态度的一种方式。其实你每天的生活都可以有创造，你对孩子说过的每句话可以是你的创造，你发现了一样新东西也可以是一种创造——我是这么理解的，创造是一个无所不在的东西，如果你有这样的想法，就应该坚持。"

对于宁远来说，创造不是单一的，而是一种轻灵、美好、有创意的生活方式。

在这场欢乐走秀的最后，很多小模特在天桥中心拥抱、合影、玩耍，她们天真幸福的微笑，是发布会最美的画面。这不是高端的时装发布会，而是一场人与衣服的亲密接触，也诠释了宁远对自己创作的理解："衣服只是半成品，你穿上它，它才完整。"从某种意义上来说，她创造的是一种生活观——节制、朴素、自然、真实。

开拓者们

被无限的未知与未来深深吸引，

努力建造着属于自己的"梦之城"。

丹心挥洒新愿 /

阿狸的"梦之城"

◎ 潘玉婷

一

阿狸是一只在互联网上挺红的卡通小狐狸，性别男，善良、爱冒险，擅长说甜言蜜语，比如"遇到困难怪兽的时候记得大声叫我的名字，因为我就是你的铠甲"，是位如假包换的"暖男"。

阿狸活跃于绘本界，水彩绘画，配上搞笑、温暖的句子或简短的童话故事，吸引了大量"少女粉"；它拥有1076个QQ表情，害羞时满脸通红，委屈时双目凝泪，无语时满脸黑线……自言要望"熊大熊二"（动漫《熊出没》主人公）项背，努力在影视、手机游戏、线下衍生品实体店等领域发展，目前打算进军电影界。

阿狸最自豪的人生成就是让大家对狐狸有了新的看法：原来，每一种生物，都可以可爱、善良；是用一本本有趣的绘本让人们

感到温暖；是帮助"阿狸之父"徐瀚实现梦想，创立属于自己的
"梦之城"。

二

在采访徐瀚之前，讨论起阿狸，编辑部的两位女"阿狸粉"
实习生晶莹剔透的"少女心"立刻显露无遗，显然是早已被阿狸
的萌俘获了。"萌"是阿狸给人最直观的感受，这不由得让人猜想
阿狸的创造者、年轻的动漫业创业者徐瀚是怎样一个人。

在人头攒动的咖啡店里等待采访，远远看到一个穿着白衬衣、
剪了利落短发的男生跑过来，我觉得这是一个可以靠脸吃饭的人，
而他正是徐瀚。声音柔和，动作慢条斯理，跟阿狸一样，他很有
亲和力。

为了追女生，玩音乐的玩成了大师，写情书的写成了著名诗
人，这种例子古今中外不胜枚举，而阿狸这一形象的创立最初也
是为了帮高中生徐瀚追女生。但喜欢画画的徐瀚考入清华大学广
告专业后，没有继续阿狸的创作，而是努力要在广告界有一番作
为。大三时，徐瀚获得了金犊奖——全球华人地区规模最大的学
生广告设计比赛奖项，觉得自己挺牛，决心毕业之后进入国际广
告公司工作。毕业时，徐瀚做了网页设计师，逐渐意识到梦想和
现实的距离。他发现自己还是喜欢阿狸，喜欢创作，这也成为点

燃徐瀚创业理想的第一颗火星。

有了这样的想法之后，徐瀚没有立刻开始全职创作，而是选择考清华大学的研究生。研究生阶段，他跟着导师做了一些北京奥运会的项目，开始了解品牌价值和品牌运营。"奥林匹克是世界上最大的体育品牌营销""最早的品牌宣传其实是《圣经》"……导师传达的这些理念带给徐瀚全新的视角，加上日渐扎实的专业知识、对生活越来越多的感悟，以及念念不忘的绘本创作，水到渠成地，徐瀚开始画关于阿狸的故事，也正式开始了自己的动漫创业之路。

日本的动漫形象大都是通过杂志连载的方式得到肯定，在积累了一批忠实的粉丝之后，再推出相关产品获得收益。但中国动漫产业缺乏成熟的杂志连载环境和资金，所以一开始，徐瀚就决定将给阿狸积累粉丝的平台放到网络上，通过网络完成创业的起步阶段。

三

2005 年，还在清华大学读书的徐瀚开始在网上发布阿狸的四格搞笑漫画，反响不错。2006 年，徐瀚开始尝试在网络上连载阿狸的绘本，手绘风格，故事温暖清新，拥有美好的世界观……阿狸在网络世界逐渐小有名气。

互联网是最快速也是成本最低的造星平台，单枪匹马的徐瀚很清楚这一点。他精准地把握机会，将阿狸做成了免费的 QQ 表情在网上分享，单纯可爱的造型和丰富的表情设计，让阿狸迅速火了。徐瀚没有趁着这把火将阿狸的形象打包出售，大赚一笔，他从一开始就是要带阿狸去往更广阔的世界。

"人生就好像一颗种子，不管你是否准备好，总是要发芽的。我们只能在漫长的黑暗里，安静孕育着短暂而灿烂的开放时刻。"2009年，徐瀚推出了由之前连载的作品集结而成的童话绘本《阿狸·梦之城堡》，因其画风成熟稳定，文字温暖人心，又拥有强大的粉丝基础和网络影响力，一跃成为当年的畅销书。之后，他又陆续推出了《阿狸·永远站》《阿狸·尾巴》，以及今年的新作《阿狸·呓语》。

一本接一本地出书，徐瀚稳坐畅销书作家榜，剧情如此设定也算圆满，但他决定开公司，建立自己的动漫王国。对徐瀚而言，把阿狸打造成像哆啦A梦、HelloKitty这样经典的动漫形象一直是他的目标，他希望自己创造的动漫形象能实现品牌价值。

2009年，北京梦之城文化有限公司创立。

徐瀚的强项是做内容，而管理公司需要更专业的头脑，所以他找到了清华大学经管学院毕业的校友作为合伙人。另一方面，合伙人在看到阿狸的绘本内容和网络影响力后，为"阿狸"带来了近百万的投资。

同时，徐瀚还聘用了一群有专业背景同时热爱阿狸的年轻人，以保证整个团队充满活力。

"梦之城"成立后，徐瀚依旧将公司的发展重点放在网络平台上。通过和腾讯、新浪、搜狐等门户网站深度合作，公司成为网络表情、输入法皮肤、桌面、壁纸的主要内容供应商。后续又不断推出魔法涂鸦表情、Gif礼物、Flash动画等产品……这为"梦之城"带来了不菲的收益，也巩固了阿狸的动漫明星地位。

依靠在网络上积累的影响力，徐瀚的团队又陆续开发了包括毛绒公仔、服饰、家居用品、文具等自产与授权产品600余种，并逐步在采购、渠道、电子商务、库房管理和媒介等领域发展。现在阿狸有自己专门的网页、微博、微信，除去发布阿狸最新的动态、资讯，通过这些平台跟粉丝互动也是赚人气的有效途径；另外，还有阿狸专属的APP、手机游戏、官方网店、衍生品实体店、动画短片、主题公园，最近还计划拍摄电影——从线上到线下，从虚拟到实体，从内容到渠道，徐瀚拓展了自己在动漫界创业的局面。

动漫产业链很长，徐瀚和他的团队几乎做了这条链条上的所有事情，从内容创作、宣传推广、产品设计、授权、寻找工厂生产，到仓储、销售、渠道，要做好这每一个环节，重点都是吸纳有经验、有想法的人。

创业者徐瀚，也从一开始的亲力亲为，到逐渐了解了公司的价值所在——培养起团队，更好地执行。

他总结自己的创业思路——"原创内容＋新媒体推广＋产品化"，现在徐瀚主要负责原创内容的部分，不断给阿狸赋予新的故事、新的生命。所以，他不是商人的形象，除了去公司外，他会去大学代课、会玩游戏、看电影、运动、画画……他知道阿狸的价值在绘本，绘本的价值在故事，而好故事是不会从太过世俗的笔下产生的，他需要保持自我，同时丰富自己、丰富阿狸，从创业者回归创作者。

四

阿狸可以在许多不同的童话世界里流浪和穿行：在菲拉斯梦境的地下铁中，它无意间遇到了月之神"Arain"的梦境，并通过她的梦境和指引来到了这片土地，被这里的一切深深吸引，于是建立起它的王国，用月神语叫作"juhse"，即"梦之城"。

在现实世界里，徐瀚由阿狸指引着来到动漫世界，虽然中国动漫产业还很年轻，但这种年轻的状态与互联网的开放平台，给了像徐瀚一样充满激情的开拓者们尝试和探索的机会。开拓者们被无限的未知与未来深深吸引，努力建造着属于自己的"梦之城"。

复兴上海老西餐

◎ 聂崇彬

上海进贤路，一家西餐厅的小门后面进驻了中央电视台《舌尖上的中国 2》摄制组，他们来这里拍摄的对象，是上海滩老西餐中的炸猪排。

上海人口中的猪排就是大排骨，做炸猪排要用猪脊骨下面的一条瘦肉，肉中无筋，是猪肉里最嫩的一部分——大概只有在上海的菜市场里你才会看见这样细分来卖的肉。

美食之风刮起来之前，人们并未留意到，美食的背后会有那么多文化因素存在。

此时，周永乐正在镜头下炸排骨。在这家餐馆里，他每天重复着相同的工作，也是在演绎着上海老西餐艰辛的复苏之路、他整个家族的回忆和他自己对人生的全部体验。

1999 年，那正是全世界把视线投向上海的历史转折点，周永乐在此时英明地把自己在纽约的物流生意带回上海发展，但他完全没有想到，后来自己会转行当厨师——在新开张的德大西餐厅，周永乐陪着爸爸去吃了炸猪排，从此他的人生轨迹发生了改变。

老上海，尤其是上海的老克勒（指有教养、接受西方文化、注重生活品位的老白领或上了年纪的有产阶级），必须懂得且看重吃西餐，这和上海在 20 世纪二三十年代是"外国冒险家的乐园"有关。洋务运动在上海发展，和洋人打交道是时尚，也是做生意的必要手段，从那时开始，上海大部分人的早餐也从油条、大饼、豆浆这"老三样"，改成了面包、黄油、咖啡这"洋三样"。在上海，喝咖啡比喝茶重要，像周永乐的家族，每个人都知道如何烹制红汤、沙拉、炸猪排。

上海人是讲究小资情调的，所以去西餐厅吃西餐被当作一种很上档次的做派，而老上海最火的三家西餐厅，就是红房子、德大和天鹅阁，其中以天鹅阁最为正宗。但到周永乐回国的时候，天鹅阁早就没有了，红房子也不景气，所以一听说德大重开，周永乐就兴冲冲地随爸爸去了，结果却败兴而归。

周永乐爱好美食的老爸在旁边敲边鼓："你烧的好吃多了，有天鹅阁的水准。"

周永乐和老爸觉得德大西餐厅的炸猪排口味不地道，并不是说现今的德大不会炸猪排了，而是因为他们炸猪排的工序不对，没做到十足的水准。排骨炸是炸出来了，色泽也金黄，闻起来也香，但里面不松软，外面也不脆，失去了品味的价值。色、香、味，最要紧的还是在"味"字上。

周永乐的爸爸周麒是上海交通大学的教授，中国第一位桥牌国际裁判，其实还是位美食家，在家里的地位俨如大厨。平时他不大出现在厨房里，但一有重大活动或有重要客人到访，他就会亲自下厨。

周永乐童年时，周日是他跟爸爸下厨的日子，因为这一天要款待来家里玩的小伙伴。

周家请孩子们吃西餐，做的就是罗宋汤、炸猪排和土豆沙拉。那时周永乐的妹妹太小，哥哥又不愿意进厨房，所以给爸妈打下手的就是周永乐，什么削土豆皮、调色拉酱、给大排骨上拍面粉，都是要他干的。从那个时候开始，大排骨要上多少次面粉，怎样上，都牢牢地记在他的脑海里。周日小朋友们的聚会是周永乐实战的机会，而能获得小朋友们的赞赏，对他来说也是一种满足。

当然，光是躲在自家厨房里，是培养不出大师的。

10 岁到 20 岁是周永乐人生中最开心的 10 年。10 岁那年，周永乐的爷爷去世了，享受着科学家爷爷遗留下的待遇的奶奶，经常带着他外出吃西餐，用社交来消磨时间。从 1972 年开始到 1982 年赴美留学，周永乐跟着奶奶走遍了上海各式可以享用西餐的场合，几乎吃遍了上海所有的西餐。

豪华的有美国、法国领事馆，中等水准的有和平饭店一类。遇到再大的场面周永乐都不胆怯，因为他心中牢记奶奶教的法宝——餐桌礼仪：从排在面前的刀叉数量上就能知道这餐有几道菜；永远是从外往内拿餐具；如果不吃哪道菜可以叫服务员把刀叉收起来，上菜时就不会为你上那道菜了；没见过的刀叉，比如吃鱼的刀和叉会比较特别；上了菜就一定要把它吃完……在众多的场合里，周永乐最喜欢去的是天鹅阁。

说吃西餐是奶奶的社交，一点儿也不过分，每次到了天鹅阁，奶奶把周永乐交给胖阿姨就不见了，周永乐也不会留意奶奶在哪里，一楼还是二楼，只听见她和别人聊天的声音，而他只管专心地吃胖阿姨给他端来的食物。每次招呼他的，都是这位胖胖的服务员阿姨，也不用问他想吃什么，一定会上这三样：红汤、炸猪排和冰激凌。周永乐可能是那时上海滩最幸福的男孩子了。1972年还是物资匮乏的时候，那一年的 6 月 1 日，上海市发行粮票，票面居然有半两的，被全国人民耻笑：上海人太小家子气了。不过，那可真是人们不了解上海人细水长流的苦心。这种情况下，可能也只有周永乐，可以在天鹅阁大口地喝汤，小口地吃排骨。

为了爸爸的一句话，周永乐在 2008 年打造了记忆中的上海老西餐厅。他在进贤路上开了一家被媒体形容为 "一个充满 artdeco（艺术装饰）的空间" 的餐厅，周永乐试图重新呈现 "天鹅阁的风尚和味觉特征"。他尝试过请法国厨师当主厨，但做出的菜却不伦不类，只有他自己才知道上海人喜欢什么，上海人的口味是怎样的。于是，他自己下厨，调动全部的记忆和手艺，又添加了偷师法国厨子的实用贴士，终于把沉寂很久的红汤、沙拉和炸猪排再次呈现在了上海老克勒们的面前。每当看到老先生、老太太们手牵手走入厅堂，饭后坐着喝许久的咖啡都不愿离去，他就仿佛看到了当年的奶奶。

说来奇妙，周永乐开店的思路，竟然和他最喜爱的天鹅阁餐厅的老板，曾担任过孔祥熙英文秘书的曹国荣先生的思路完全一样，他们之间隔着两代人，而且根本不认识，只能说他们的血液中都有着相同的上海老克勒的基因。当年的天鹅阁开在一条僻静的小马路上，被人称为冷傲；周永乐的餐厅也是在城市的偏僻一角。其实他们都在追求着一种氛围，力求让顾客一推开门，就惊艳于门内的别有洞天：经典英文歌曲柔声地环绕，映入眼帘的深陶色木墙上装饰着上海老照片……置身在华丽而有情调的餐厅中，周永乐穿着自己设计的厨师服，被媒体誉为上海最有"腔调"的老板，名副其实！

《舌尖上的中国2》播出后，人们从全国各地来到这里，来体验这上海老西餐的经典之作，在一饱口福的同时，更想去了解这猪排、这西餐厅的来龙去脉。诚如上海著名美食家及作家沈嘉禄先生所说："所有的美食感受，都离不开情景体验；所有的美食故事，其实都是一个人的成长史。"

每个人都是别人生命中的过客，

能够在交集的时候，留下一点美好的印记，

哪怕只是一点点，都是极其幸运的事。

丹心挥洒新愿 /

玩娃娃的艺术家 UV 米

◎ 顾 顾

2011 年，UV 米从美国俄亥俄大学雕塑系毕业。大学期间，她买下了一堆"美国土"，这是一种塑形专用的黏土，在常温下柔软，低温烘烤后硬化。她一直没机会用，直到毕业时，千里迢迢背回了这袋子"美国土"。现在她回想起这一幕，还忍俊不禁。

这一袋子土，后来变成了她亲手制作的第一个人偶娃娃，并以此为起点，一"入坑"就是很多年。

动手做的第一个人偶是自己

UV 米学的是雕塑，因她制作的雕塑小品被美国著名装置艺术家、雕塑家 Duane McDiarmid 注意到，免除了学费，并被授予难得的全额奖学金。她从小就喜欢芭比娃娃，喜欢给娃娃们做衣服，还差点儿走上了服装设计的路，后来因受日本漫画的影响，改变主意学了雕塑。

回国不久，她开始第一次动手做BJD。"BJD"是Ball-jointed Doll 的英文缩写，中文意为"球形关节人偶"，人偶的四肢可以自由活动，能够摆出各种姿势。全世界喜欢BJD的人很多，但大多是停留在制作衣服、化妆、做发型的阶段，真正动手做的人很少。

UV米做的第一个人偶是自己，因为自己是现成的模特，可以随时全方位观察。她在网上发帖公开了制作过程，一个人偶有十几个零件，制作周期要小半年。人偶按照与真人 1：4 的比例制作，一个看似简单的玩偶，需要基础、造型、关节、组合、涂妆、头发、服饰七道工序，每道大工序下又有小工序，前后需要100多道工序。每一部分都由她亲自动手完成。这个以自己为模特的玩偶被 UV 米称作"小米"。小米的眼睛可以转动，妆容是她用彩铅绘制的，关节是用曲别针连接的。

她为小米做了与自己同款的针织帽子、毛衣、斜挎包，还有一双针织靴子，小米甚至还有专属的立裁模特架。她还顺便为小米做了一个迷你的沙发秋千。

每个制作环节都有步骤图，照片上人偶的手脚精致得能看到肌理。这个制作帖被网友足足"盖"了100多层楼。越来越多的网友聚集在这个帖子下，为之惊叹。有网友问起制作细节，她都很耐心地一一回应。

触摸上帝摸过的骨骼

应网友提议，她接着制作了古天乐版本的"杨过"、林青霞版本的"东方不败"等人偶。最令网友震撼的，还是张国荣在《霸王别姬》中的造型人偶。她也因这一作品，被中央电视台科教频道的大型纪录片《手艺》采访。这集长达 40 分钟的纪录片，记录了她创作"程蝶衣"人偶娃娃的整个过程。

在制作明星版的玩偶之前，她需要搜集上百张人物照片，张贴在工作室墙面、工作台上，让自己沉浸于图片中，从不同角度了解人物。每当制作这些人偶时，她感觉自己仿佛在"触摸上帝曾经摸过的骨骼"。

UV 米制作得惟妙惟肖的人偶作品打动了这些明星的忠实粉丝。在以"程蝶衣"人偶为主角的视频中，镜头里的"程蝶衣"回首，他所佩戴的复杂、华丽的头饰也随之轻摆，流苏晃动，有着光影流离的动感，他精致的五官、流动的眼波，几似真人，让粉丝们看了为之愣神。

理想型的人偶娃娃是完美模特

这几年，她以平均半年制作一个人偶娃娃的节奏不间断地进行创作。尽管更新了很多版本的人偶，作品吸引了无数人的惊叹，但仍没达到她心中的理想状态。

她理想中的娃娃是位很有表现力的完美模特，就像香奈儿的"灵感缪斯"一样，可以穿着漂亮的衣服"拗造型"，摆出大牌模特的范儿。

在这条创作的路上，没有太多前人经验可供学习，都是自己尝试探索，她也乐此不疲。从制作第一个人偶娃娃到现在，光眼睛的设计、制作就有四个版本。最初制作"小米"时，她用黑色的黏土捏出黑眼珠，眼睛缺了一些神采；第二版制作"东方不败"时，她改用玻璃珠子，可不同人的眼睛大小不一样，玻璃珠太大，放上去看起来有点怪；第三版是"程蝶衣"，她在眼睛中加入了亮片，这样看上去有了光泽；到了第四版制作王菲的人偶娃娃时，她配置了专门的眼球，一层层安装进去，又绘制了瞳孔的颜色，加上反光油，人偶的眼睛看起来更为传神。

人偶的头发她也试过很多种材料。第一个版本用的是丝带，时间一久，质感就变差了，糊成一团；后来改用假发，可是人偶娃娃适用的头发大约只有人类头发的十分之一粗细，人类的假发材质用在人偶娃娃头上会竖起来，看起来很不自然；最后改成了羊毛材质的头发，效果好多了，接近真发效果，就沿用至今。

最初，人偶娃娃的关节动起来不灵活，有些姿势不能摆。时隔多年，她终于做出了双球关节，如今的人偶，已经可以轻松自如地胜任各种拍照姿势。

灵感源于生活

当一个人全心投入一个爱好的时候，无论做什么事情，都会萌生灵感。

在海边看到泡沫，UV 米有了"生于泡沫，存于幻境"的感悟，于是用 2 千克天然白水晶，耗时半年，层层叠叠"绣"了一条"泡沫裙"，将转瞬即逝的泡沫凝固在裙摆上。她给新做的人偶起名为"BuBble 芭宝"，芭宝穿着这条 40 厘米长的"泡沫"裙子，优雅得犹如梦里走出的女神。还有一次，她在篝火晚会上看到炭火中的红丝，也产生了妆容方面的灵感。

云 养 娃

这些年，制作人偶娃娃满足了 UV 米所有的爱好，她把对画画、做发型、化妆、做首饰、设计制作衣服、摄影的热情都投入制作人偶里。

她也因这个爱好，在很多人的青春里留下了一些回忆。

很多网友喜欢"云吸猫"，她的粉丝自称在"云养娃"。

她并没有和网友见过面，和大家的联系也不密切，有些人隔上几年才会聊一下近况。可能上次聊天时，网友还在准备高考；隔了几年再次聊天，对方已经出国念完书回国了。当年结识时正在恋爱的网友，如今也已经当上妈妈了。

2017 年，UV 米把存在于人们想象中的蒙娜丽莎变成了可以触摸的人偶，完成了作品《微笑的背后》，并因此登上了德国杂志 *Puppen-und-spielzuge*。在国内艺术媒体上报道此事的编辑，当年是关注她微博和帖子的高中生，这位曾经的高中生说："她和她的人偶就像我青春期的秘密，时隔多年还是会发热和跳动。"

UV 米也被这种缘分打动："每个人都是别人生命中的过客，能够在交集的时候，留下一点美好的印记，哪怕只是一点点，都是极其幸运的事。"

拍雪豹的日子

◎ 王 鹏

王鹏，做过十年深度调查记者，后创办纪录片公司，制订了十年长线拍摄计划，拍摄以雪豹故事为主体的纪录片。相信记录的力量。梦想从未离开，只是换了一种方式。

活在焦虑中

"拍纪录片赚钱吗？"最近总是碰到拿这个问题刺激我的人，一般我都会假装真诚地对他说："这个市场还在培育中，目前不赚钱，以后会是个好的行当。"其实，我的心里还是没谱——没有任何事情能够按照你设定的路线发展，纪录片这个行业也是如此。

其实这本不是我想说的。用自嘲的方式来说，拍纪录片获得的更重要的是精神财富——如果不那么物质的话，我应该已经得到了这笔财富。尤其是当我站在北大百年讲堂的讲台上，口若悬河地描述我的过往时，台下的观众报以热烈的掌声，那时，我的虚荣心分明在翩翩起舞。

我宁愿做一匹脱缰的野马，在自己的草原上毫无羁绊地四处横行。当年心怀不甘离开梦想的阵地，而这个阵地——《南方都市报》深度报道组，在近日宣告解散。朋友说我是最早离开的一批，其实我没有离开，只是换了一种方式继续做着自己想做的事，血还是热的。

我是一个容易满足的人，喜欢遵从自己的内心。大富大贵无望的时候，我决定做一件自己喜欢的事，勉慰自己的人生。于是，我从一名调查记者转型成为纪录片制片人、导演。我开了自己的公司，开始创业，这是一段新的征途。

一切都比想象中的艰难许多，五六年走下来，基本是活在焦虑中的，这恐怕是所有创业者最真实的心理状态。

我选择的拍摄对象是雪豹，这个距离神灵最近、距离人类最远的神秘物种。我的梦想是超越 BBC 拍摄的纪录片《雪豹》，让它成为一部经典。我为自己的纪录片取名"雪豹传说"——我想要在无人区实现自己的梦想，或许也是想留下一段属于自己的传说吧。

这部纪录片比我想象的要难拍得多，要克服的问题多如牛毛。如今，已经过去了四个年头，按照计划，还有六个年头来实现关于雪豹的"传说"。我在不断地问自己：我可以吗？

一条不平凡的路

梦想是张牙舞爪的魔鬼，让我坠入深渊，难以自拔。

这四年里，我经常会为拿不出钱给队员们发工资而焦头烂额，四处寻借；也常为经历漫长的等待，拍摄却没有丝毫进展而苦闷不已。但是当你真正进入了创业的阵地之后，就再也没有了退路，只能一条道走到黑。

记得公司最多的时候有九个人，大家每天热热闹闹的，给央视和《美国国家地理》拍纪录片，或者拍一些创意广告，每天吃吃喝喝，大钱没有，小钱不断。后来开始拍雪豹，半年下来，九个人变成了三个人——太辛苦，辛苦到令人绝望。我完全理解不得不走的他们，因为拍摄雪豹是一条不平凡的路，需要坚忍和坚守，需要不断克服自己的缺陷，需要放弃一些东西。更令人悲观的是，大家把心思放在了无人区，原先的小钱也没有了，需要过一段苦日子。

按照现在的情况，我们平均一年只能拍到一次雪豹，但是在这一年中，你不知道老天会把这个时刻安排在什么时候，因此，我们一刻都不敢懈怠。但是在无人区的漫长等待会让一个正常人发疯，尤其是每年夏季和秋季的蹲守，我基本是一个人。当一个人在无人区蹲守了一个月以上时，你就会严重怀疑之前的决定，怀疑把一个人最可能创造辉煌的十年耗费在无人区的蹲守中，却很可能什么都没拍到……几乎每次，我都会用"精神胜利法"来应对内心萌生的这一挑战。我告诉自己刚刚就拍到了雪豹，然后把自己感动得稀里哗啦。之后，郁闷的心情得以发泄，又可以安心在山里待着了。

我把创业的宝押在一部片子上，但是我坚信自己总有翻身的一天，那一天天空晴朗，鲜花遍野。

以拍摄纪录片的方式创业可能和别的实体行业有所不同，大多数创业者是先获得物质回报，再得到精神满足，而拍纪录片则正好相反。我坚信经过十年的打磨，《雪豹传说》也会获得丰厚的回报。

所有人的梦想

我曾是一名环保志愿者，做过一些公益活动。当我开始拍摄雪豹的时候，我是想把它作为一部商业纪录片来运作的，但是在拍摄了两年之后，它开始不受我的控制，更像是一部公益纪录片的运作模式。

很多朋友开始参与其中，这使得我们的团队迅速扩大，拍雪豹已经不仅仅是我的小团队的事，更是参与到其中的所有人的梦想。而后来，众多雪豹的粉丝以不同的方式支持着我们，至今不曾间断。因此，《雪豹传说》这部纪录片就更不能走商业路线。

2015 年 4 月，从一次众筹活动开始，我们的雪豹拍摄进入了新的里程。当时，我毫无方向，穷得叮当响，但是拍摄还在继续。我的老同事王吉陆跟我说："你做的事很适合众筹，我们来做一次吧！"那时的我对互联网的运作完全陌生，把众筹理解为伤自尊的乞讨，现在想来也够傻的。关于拍摄雪豹纪录片的众筹开始后，有四百多万人转发了这个帖子，一夜之间，我仿佛成了传奇人物。当我收到众筹来的款项的时候，内心五味杂陈，难以言表，顿感这笔钱沉甸甸的。

这次活动最大的收获是很多人开始关注我们的拍摄进程，并且各显神通。在从未谋面的朋友的引荐下，一家企业为我们提供了 100 万元的赞助，让我从此相信真有"雪中送炭"这回事的存在。

我们用这笔钱做了很多事，不仅是雪豹的拍摄，还解救了一只被牧民抓住的雪豹，收养了三只父母已经死亡的狼……

我无法把几百个帮助过我的人的名字一一列出来，但是我不会忘记他们。

到了 2016 年，我们依旧在为资金伤神，但是情形已经大为不同，面前的路已经很宽广了。几家一流的投资机构将协议发到我的邮箱，还有很多朋友在等着随时与我沟通。除了拍摄雪豹的事一天都不敢松懈之外，我把更多的精力放在了梳理现在的关系和项目运营上。

"虚名"支撑我们一路向前。我被邀请去上海自然博物馆、北大百年讲堂做讲座，先后有二十多家媒体对我们的团队做了各类报道。

如果没有困难，所有的创业都不值一提；如果没有精神支撑，所有的创业都将半途而废。

记录真实的世界

我们预计用十年时间完成雪豹的拍摄，有人给我算了一笔账，大概需要 1500 万元。光靠救济显然是不行的，必须积极寻找新的出路。

凡事求己。我们开始尝试对雪豹系列纪录片进行商业运作，逐渐把重点从电视台向院线转移，毕竟院线更适合我们这样毫无背景的团队，让观众评判好坏，同时取得商业利益，希望今年的纪录电影项目能够顺利进行。

我们开始和网络媒体合作大量的项目，尝试一种新的播出和宣传方式，为长线项目做好准备。

同时，我们利用拍摄雪豹获得的人脉进入国内广告市场，做一些短线项目来弥补纪录片的资金缺口。

我们也有不愿意接手的项目，比如各种伪纪录片。现在国内的纪录片播放平台在流水线上制作一批又一批伪纪录片：先写剧本，再找人演。从一个公司发展的角度来说，这种制作为人诟病，还会将纪录片带入一条死胡同。

　　纪录片制作人有自己的情怀，可以惶惶不可终日，也可以卧薪尝胆，但要拒绝迎合、造假。毕竟，生存之外，纪录片制作人还肩负着一种记录历史的使命。哪怕是雨打花落的声音，都需要用尽全力去记录真实的世界。

我们所做的很多工作，

当时看不出改变了什么，

但一年年的积累带来的变化却是清晰可见的。

丹心挥洒新愿 /

寻回探索世界的乐趣

◎ 王丫米

十几年前，我开始了职业生涯。那时的我早上6点爬起来挤公交车上班，日子虽过得充实忙碌，却是被生活推着向前走，从未想过未来要怎样度过。

2004年，我在上海一家公司工作，每天的任务就是做PPT、陪客户吃饭、谈商务合作。有一天，我看着用来融资的PPT上庞杂的业务框架，内心忽然有个声音响起："这样的工作有意义吗？"

这个声音越来越强烈，没过多久，我就辞了工作，开始认真思考，对自己而言，什么才是值得去做的事。

在那之后，我去支教，去助学基金会做过义工，也尝试过回到商业公司，却始终没有找到坚持下去的理由。

直到我遇到了姬十三和他创立的科学松鼠会，他们让我领略到科学的神奇，也让我眼中的世界变得广博和精妙。"把科学带给我的美好分享给更多的人",这个想法在我心里落地生根。从那时起,我成了一名科学传播工作者。

这些年,我们做过大大小小上百场科学传播活动,从 F1 合成材料到基因的秘密,从食品科学到核电安全……成千上万人因此获得了美好的体验,这让我觉得这一段生命非常有质量。

我很庆幸,因为这份工作认识了许多可爱的人。有一次做"世界地球日"的活动,我们邀请到了浙江大学地球物理系的肖安成教授。策划会上,我们聊起了地质,聊到了不同宝石在市场上的价格。肖教授说:"石头的价值在每个人心目中都不一样。上次我去夏威夷,背回来一块太平洋板块的火山石,它占了行李箱的一半空间。"他用手比画着那块石头的大小,"它有一亿多年的历史了,我把它放在办公室的书架上,每次看看,就觉得很欢喜。"看我们有点吃惊,他不好意思地笑了:"我家里这样的石头特别多,放在市场上卖根本不值钱,老伴也不太理解,但每块石头都有一个故事……"他在讲那些石头的故事时,眼睛闪闪发亮,露出像小孩子一样的神情,特别可爱。我问他:"您喜欢的东西和别人不一样,会不会觉得孤独?"他摇头:"怎么会,科学研究本身是很快乐的事,泡在实验室里,一天很快就过去了。"想了想,他又说:"你看微积分这个学科,当年牛顿和莱布尼茨创立它时,世界上能掌握的人也就几十个,可你看现在,它成了常识。当你沉浸在思维的乐趣里时,永远都不会觉得孤独。"

　　他的话我一直记在心里，觉得无聊时就想想这番话。有时候我们觉得不快乐，是因为忘记了这个世界还有很多未知的东西可以去探索。真正投入其中，就会体验到幸福。

　　受众的认可，也是自身成就感的来源之一。2009 年冬天，我们在北京航空航天大学做科学嘉年华，那是国内第一个真正意义上的科学节。那时我们都年轻，经验不足，十几个人忙碌了两个月。活动开幕的那天早上，北京突然下起了大雪，我抱着对讲机穿过雪花纷飞的校园，觉得浑身冰冷。我特别担心会没有多少人来，毕竟这样的天气不适合出门。可当我进入场地，发现很多观众披着一身雪花在签到。活动开始，很多人迟到了，可半个小时之后，整个场地座无虚席，我坐在后面，眼眶湿润了。

　　科学传播活动只能算是半公益行为，很少有企业愿意支持。我们的观众深知这一点，所以他们给了我们非常多的爱和宽容。有时候麦克风不响了，或视频画面消失了，观众就静静地等着，从不指责我们。每一期的活动调查表里，都有观众向我们表示感谢。

　　有一次去中山大学做活动，有个小姑娘给我写信："半夜从实验室回到宿舍，觉得很辛苦，几乎有些撑不下去了。看到你们的活动海报，看到还有这样一群人在积极地传播科学，我又觉得做科研是美好的。"每次收到这样的留言，我都觉得这份工作特别值得。

　　无论是唤起人们的好奇心，重新寻回探索世界的乐趣，还是多掌握一些科学思维和方法，更接近未知世界的真相，科学传播无疑是有意义的。我们所做的很多工作，当时看不出改变了什么，但一年年的积累带来的变化却是清晰可见的。在任何时代，科学都不太可能成为流行事物，但这些年过去，一些常见的错误观念渐渐被修正，一些科学理念渐渐被接受，科学正在走入大众的视野，这就是我在这段岁月中最大的收获。

凡人苏莳

◎ 童 铃

最近，有个陌生网友看到我在微博上提起北京创业博物馆，激动万分地给我发了条私信："你认识苏莳吗？我去过他创办的车库咖啡。苏哥是怎样一个人？"

苏莳离开车库咖啡已经这么久了，早就以北京创业博物馆馆长自居，咖啡馆的一切对他来说如同前尘往事，居然还有"迷弟""迷妹"，可见他确实为创业者特别是 IT 创业者提供了价值。

结　缘

2010 年，我在中关村一栋写字楼里开咖啡馆。

冬夜，我和同事正准备下班，突然一位客人走了进来，要了一杯美式咖啡，安安静静地找了张沙发坐下。当时手机还没有现在这么丰富的内容,他独自坐了一会儿,有点儿无聊,就忍不住开口了:"能聊聊吗?"

我说:"好呀。"

他仔细问了这栋写字楼和我们咖啡馆的情况,我一一耐心作答。他有点儿不好意思:"其实,我想在你们对面也开一家咖啡馆。"

我扑哧一笑。

我其实没那么怕别人来抢生意。如果一个地方咖啡馆扎堆,像三里屯或后海的酒吧一条街那样形成气候,应该是好事吧。

他说他叫苏菂,之前是一家上市公司的投资总监,刚刚辞职,想开一家为 IT 创业者提供服务的咖啡馆,客人点一杯咖啡就能在此办公一天,名字他都想好了,就叫"车库",因为苹果、惠普这样的行业巨擘都是在车库里创办的。他希望在他的"车库"里也能诞生一些伟大的 IT 公司,不过他对咖啡一窍不通。

我说:"没关系啊,不懂可以问我,一定知无不言。"

朋友就这样交下了。

但对于他能不能做好咖啡馆这件事,我心里还是打了个问号:一个人得多没品位才会喜欢美式咖啡啊?我们咖啡从业者都称之为"刷锅水",这样的人会把咖啡馆做成什么样呢?他的目标人群是 IT 创业者,会不会太小众了?他能否负担得起中关村高昂的房租?

车库咖啡

咖啡馆终究还是开起来了，不在我们对面，而是在海淀图书城步行街一个破旧宾馆的二楼，距离我的咖啡馆 500 米左右。

品位当然是硬伤。咖啡馆的色调灰蒙蒙的，沙发不知道是从哪儿淘来的，造型奇特；吧台是奥利奥饼干风格——黑一块白一块，看起来很廉价；地板是旧的，不知道用了多少年，最不可思议的是有一大团电线露在外面，看着闹心。我带朋友来捧场，朋友下巴都快惊掉了："这是咖啡馆吗？怎么像个大食堂？"苏萚说这地方原来是网吧，尽量不改变原有的装修，能省点儿钱。

生意也确实不好做。刚开始只有一两个创业团队入驻，800平方米的咖啡馆空空荡荡，员工比客人还多，他说他很愁；后来创业团队多了，他依然很愁——融不到资的创业者们穷得揭不开锅，即使服务员反复递水单，他们也能忍着不消费。最夸张的是某团队连续一个月天天来"车库"办公，从开门坐到关门，却连最便宜的饮品都没点过一杯。苏萚说他想为创业者服务，实在不好意思撵人。

创业者的苦，苏萚懂。

创业是危险的，如同在茫茫大海中行船，不知道航行多远才能登上陆地，不知道是否会在登陆前把物资都消耗完；创业者是孤独的，项目有可能陷入瓶颈，有可能被投资人否定，还有可能遭遇众叛亲离……家人不一定能理解创业者的绝望和沮丧，因此创业者之间互相鼓励就尤为重要。"车库"提供了一个场所，让创业者互相认识，一起合作，抱团取暖。

苏菂把以前在投资界的资源引入咖啡馆，投资人在这里找到项目，创业者找到钱。越来越多的创业团队走出了"车库"，用融到的钱租了体面的办公空间，继续把项目做大。对创业者来说，这才是他们的刚需，精细化的服务、高档的装修没有那么重要。

那个一个月没点单的团队在融到资之后的第一天，点了一堆吃的喝的，摆满了整张桌子。

也是个"大猪蹄子"

慢慢地，车库咖啡的名声起来了，《新闻联播》播过，《人民日报》报道过，总理参观过……苏菂有点儿膨胀。

他看不起他媳妇。他认为自己在大堂里和创业者聊梦想、聊商业模式叫事业，他媳妇打理咖啡馆杂务不叫事业。他懒得听他媳妇讲谁不好好干活，人手又不够了，东西坏了找不到人来修、换一个又太费钱，这些鸡零狗碎、婆婆妈妈的事。

在北京那个著名的大暴雨之夜，停靠在马路边的车都被淹了，滞留在外的人们回不了家，苏菂突然在微博上宣布："今夜'车库'不打烊。"他媳妇当场发飙："根本没有足够的工作人员来守夜，你为什么不和我商量一下？"苏菂冷冰冰地甩下一句"我觉得你已经跟不上我了"，把他媳妇气得要死。

夫妻关系降到冰点。

在外行眼里，咖啡馆是浪漫的、温馨的；在我们行内人眼里，咖啡馆则有处理不完的琐事：下水道堵了，卫生部门来检查了，有顾客投诉了，员工离职了……苏菂不明白，当他在媒体面前、在众人眼里熠熠发光的时候，是包括他媳妇在内的所有工作人员在努力让咖啡馆正常运转。

他甚至看不起当初一起投资的股东们。

他总觉得自己功劳最大，一手把咖啡馆做了起来，其他人不过是投了点儿钱而已。其实那些股东都是投资人出身，不知免费为车库咖啡的创业讲座当了多少回嘉宾，给创业者们资金和经验上的支持，数不清也说不尽。如果没有投资人的付出，光靠苏菂一个人的钱，怎么可能建得起车库咖啡呢？

有的股东在很长时间内不愿意和苏菂说话。

归　来

后来，我因为严重的哮喘病离开了中关村，也离开了咖啡这个行业。虽然微信上有苏菂，但几乎没聊过。

听说他后来慢慢淡出车库咖啡，跟媳妇分居过，又复合了，也不和股东们较劲了。他找了别的合伙人一起做了个叫 YOU+ 的青年社区项目，当起了二房东，据说是要"给年轻人一个家"。我在网上看了大家对 YOU+ 的评价，毁誉参半：喜欢的说在这里交到了很多朋友，完全智能化的家居设计非常符合年轻人的口味；

不喜欢的说房子很小，质量不行，服务很糙。

再后来，听说他把车库咖啡的股份捐了，开始折腾创业博物馆，专门用于展出互联网创业史上的那些老物件。他立了个誓：博物馆不开张，他就不理发。博物馆原计划于2018年6月开张，实际拖到了9月，他就这样顶着一头长发度过了炎热的夏天，在"朋友圈"里晒的本人照片已经很有艺术家范儿了。

创业博物馆开在海淀图书城步行街上，车库咖啡的对面，他还真是离不开这条街。

我们有四五年没见了吧。我想去看看老朋友。

苏菂老了很多，他还不到40岁，头上却长了很多白头发。

他原来的"啤酒肚"不见了。从前，他天天在咖啡馆的大堂给创业者的项目"把脉"，干坐着不动，体重一度飙升到180斤，肚子起码就有40斤。我当时在学摄影，对他说："苏菂站着别动，我要拍照。"他把大肚子一挺："别把我拍胖了啊，我这么瘦一人儿。"我问他是怎么瘦的，他说他每天走10公里，"年纪大了，得注意健康，步行最好，不伤膝盖"。

他开始有耐心写东西了，开了公众号，坚持定期更新。我们坐在沙发上聊天，突然发现苏菂不见了，转身一看，他独自坐在书桌边敲键盘。我大叫："苏菂，干吗呢?"他头都不抬："我写作呢。"

他一度又想起上学时那个当播音员的梦想，觉得自己的声音很有磁性，想在公众号里用语音代替文字。苏葯的叙述风格是这样的：那年我们在青海湖边骑自行车，我们计划做什么事，中间遇到了一个奇人，那个奇人叫什么……他突然停顿了几秒，然后又缓缓地说："这又是另外一个故事了，这个故事很长，今天先不聊这个。"我额头上三条黑线下来了："大哥，你能先打个草稿再发语音吗？列个提纲也行啊。"

他变得柔软了。以前他和媳妇吵架："我不要小孩，你生了我也不管！"他媳妇还是固执地生了一个女儿，毕竟女性的黄金生育期短暂。刚听说这事时，我们都替他媳妇捏了把汗：养育孩子太难了，如果没有丈夫的支持，只会难上加难。没想到的是，苏葯居然化身"女儿奴"，三句话不离女儿——"我家慢慢可聪明了。""我今天给慢慢做了一大桌子菜。""慢慢打小和我抢酒喝。""我带慢慢去动物园玩，她骑在我的脖子上，我的脖子可酸了……"

到底是什么让苏葯发生了改变？是岁月，是遇到的那些冲突与碰撞，是和家人、朋友们的分分合合，是离开"车库"内心沉淀下来之后的反思，还是女儿的降临？

我不知道。我只知道眼前这个苏葯更温和、更从容、更接地气。

我正恍惚呢，苏葯突然问我："我叫了两杯咖啡，你要哪种？"

我说拿铁吧。

"好嘞！一杯拿铁，一杯美式。"

看来还是有些东西没有改变，比如对美式咖啡的钟情。

在成就一个"更美好的世界"之前，他们成就了"更美好的自己"。

变得更专注、顽强，有执行力，明白创业维艰，

并愿意付出代价。

丹心挥洒新愿 /

北京风起时

◎ 鲸 书

创业土壤从来不是童话里的乌托邦，相反，它充满了残酷、血腥、背叛。现实是怎样，创业这块土壤上疯长出的花朵就是怎样。但有时，这些花朵又与它们生长的土壤截然不同，它们纯真、坚定、灵活，闪烁着理想主义的光芒。

一

国贸的写字楼很难进：访客需要出示身份证原件，在前台登记、拍照，才能拿到一张一次性的门卡。乘分层电梯，到达公司门口，他们不能输指纹，没门禁密码，只能等前台开门。

然而，还是有一些人毅力惊人，绕过重重阻碍，挤进办公室。他们局促地搓手，左顾右盼，期待投资经理给他们5分钟，聊一下"改变世界的创业梦想"。

所以，第一次在办公室见到"礼盒男"时，我并不奇怪。

跟其他突然找上门的人一样，他没投 BP（商业计划书），没预约，不认识公司里的任何人——除了吉祥物一样出名的大老板。他带了产品小样——一个巨大的红色纸盒，看上去可以装月饼、粽子，像 20 年前县城送礼会用的包装盒，上面写着"花好月圆"，配朵大牡丹花的那种。

他矮、瘦，稀疏的头发竭力覆盖着整个头顶，艰难地维持着体面。他安静沉默，并不主动找人说话，紧紧捂着那个大盒子，像是捂着饥荒时的最后一点儿粮食。

他对每个人鞠躬，谦卑得近乎谄媚。然后拿出一封手写的信，7 页，双手捧着，递给我的同事。

信纸的抬头是"某某县木材厂"。

这种人见多了，我们都有点儿发怵。砸桌子的，下跪的，对投资经理围追堵截的，捧着 BP 嗷嗷哭的……一个说要做老年人电商的，激动得用手砸桌子："我很愤怒！为什么没有一家给老人买东西的电商？天啊！"然后哭了起来。

他的动机是："回老家才知道，父母已过世一年多，烂在床上，没人料理丧事。"

我跟分析师面面相觑，不敢再问他"你早干吗去了"。

按经验，这类人都会要求见大老板。结果，"礼盒男"双手递上那个大礼盒，然后面向我们，脸上凝固着一个笑容，倒退着，慢慢地退出办公室。不小心撞到桌子，他立刻扶住，讪笑得更不安了，像是怕把桌子撞疼了。

我读了那封信，大意是他曾下过海，赔过，也赚过，现在与妻子在地铁口卖袜子。一次下大雨，袜子全打湿了，妻子跪在雨里哭，他鼓励妻子别放弃。他希望我们能给他一次机会，让他再度翻身。

他创业的商业模式是什么呢？

他认为，现代人重感情，送礼不能一次只送一件，而要送一套，所以他提供全套礼品。

那个红色硬纸盒里装的就是一套礼品，他的全部希望，用粗糙的红纱布裹着：一把格子伞，一把剃须刀，一根皮带。

他坚信这是"无人发现的、巨大的、美丽的蓝海"。

看着他倒退着走出办公室，我突然难过得说不出话来，如同看着一个人在你眼前溺水，你却无法伸出手救他。你甚至不能确定是否应该告诉他，你快死了，快逃啊！

一将功成万骨枯。有多少一夜暴富的神话，就有多少燃尽青春热血的枯骨。

二

我称呼他们为：赚过 1000 多万虽然亏了，但我还有梦想，快给我 10 万男，怀疑创意被盗精神崩溃男，Word 写得乱七八糟、天天堵投资人的中专男……以及一张中国面孔却只讲英文的"香蕉男"。

中午，刚吃了午饭，大家都有点儿犯困。他气势汹汹地进来，没预约，用英文招呼所有人："Hi,guys!Listen!"等他讲完创意，分析师表情尴尬，说："您好，请问……您知道这个产品几年前国内已经有了，叫陌陌吗？"

"What?!"他发了通火，气鼓鼓地走了。

还有10万个号称要打倒阿里巴巴，"给马云一记大耳光"的；10万个号称要做"O2O互联网立体式大数据全产业链电商"的……创业就是互联网，互联网就是做APP，做APP就是为社交。

创业之风剧烈喧腾，有人在风口飞起，有人被吹掉了最后一件衣裳。风起时，无人能保持镇定。

三

我对女性创业者的印象基本来自马佳佳，那位做情趣用品起家、擅长自我营销的姑娘。无意褒贬，但入职之后，我看到了女性创业的更多可能性。

我认识了侯玙，她讨厌别人说她是"女神"、学霸、精英，尽管她的确是。侯玙毕业于人大统计学系，本科毕业时被哈佛、耶鲁等8所名校录取。她选了专业排名全球第一的纽约大学精算系念硕士，在高盛做大宗商品交易，然而她却放弃升职机会，开始创业。

她的创业项目听起来一点儿也不"高大上"：给人口密度大、经济落后的小城市的超市经营者借钱，帮他们管理货源。项目的名字听起来好一点儿，叫"供应链金融"。

初心在于，她去一些经济落后的地方玩，发现当地超市卖的都是"伊莉牛奶""萌牛酸酸乳"。年轻人都出去打工了，老人带着小孙子。老人很节省，却舍得花高价天天买"伊莉牛奶"给小孙子喝。

她很难过，也意识到这是一个机遇。她与两名合伙人一起开发了一套管理系统，免费提供给小超市的老板们。这套系统可以帮助他们管理货源，知道哪种啤酒卖得好，该赶紧补货，哪种零食没人买，再不能进货了。同时与供应商合作，保证小超市售卖真货，使消费者不再受骗。

我认识了李真，她是真正的"别人家的孩子"：20岁念完硕士，在国内知名高校任职，做心理学方面的研究，给大学生做心理辅导。辅导了快8年，她突然放弃了名校编制，开始创业。

为什么呢？她聊起了国内心理咨询业的现状：乱收费，咨询师以把咨询者说哭为荣。

最赚钱的是给企业做团队建设，老板最爱看的是咨询师讲完，员工振臂高呼、抱头痛哭的场面，以为这样才能增强凝聚力，员工才忠诚。却不知道，也不在乎，员工看似打开了自我，其实心理上遭受了伤害。

心理咨询师变身为成功学讲师，每年进账数千万。无法监管，全凭从业者自觉。她无法容忍，希望做出微小而切实的改变。她写博客、做讲座、写书，最后终于决定创业，搭建一个能让普通人找到专业心理咨询师的平台。

她们都是女性创业者，所以呢？

其实没有任何不同。请忽略她们的性别，关注她们的事业本身。

四

有一次，我和投资经理一起，与一家做内容的公司谈估值。

投资经理说："别家给您 5000 万，我们觉得您的项目特别好，愿意出 6000 万，您看可以吗？"

对方试探着问："再高一点儿成吗？"

我们不敢擅自做主，给大老板发微信。大老板立刻打电话过来，他已猜到对方不擅长谈判，但他相信那家公司的价值，因此特意打电话叮嘱，不要压价，尽量满足对方的要求。

知道大老板的做事风格，我俩也不意外他会主动加价。

"7000 万？"我们顺势提价。

成交。双方都挺高兴。

回程的出租车上，那位投资经理跟我开玩笑："哈哈，议价都是 1000 万起，感觉自己好有钱。"

我说："哎呀，我也觉得自己好有钱。"

　　我这样一个大学尚未正式毕业，每天想的最多的问题是"下一顿吃什么"的女生，居然参与决定了一笔几千万的交易——而这还并不算一笔很大的交易。

　　如今，我参与决定一笔投资到底该是 5000 万还是 8000 万；晚上一起喝酒的"90后"朋友都身家千万、公司估值过亿。看着车窗外闪闪发亮的央视大楼，我觉得现实如此魔幻，让人分不清真假。

　　比如，两位创始人为分家打得不可开交。A 把跟 B 的聊天记录全部截屏，准备在 B 闹得太狠时发给他女友看，证明 B 出轨了。B 则拍下 A 违规加工食品的照片，准备在 A 背叛他的时候捅给媒体。最后他俩和平分家，每天仍在"朋友圈"互相点赞，都不知道对方留了后手。

　　比如，一个妆容妖艳的女人来谈合作，她是做化妆品的，她的个人收入占总利润的 70%。她发展下线，下线越多收入越高……

　　我们都傻了，她是在"朋友圈"卖面膜的，俗称传销。

　　……

　　这一切都太魔幻，我甚至担心自己及创投圈的很多人，以为自己分分钟有几百万流水，以为自己有无限光明的未来，以为每一道迎上来的目光中都是羡慕、嫉妒、赞许，而不是看着你出丑，看着你跌下来。这个无限膨胀的泡沫，终有破裂的那一天。

五

　　入职前，我去真格拜访，碰到一个怀疑创意被盗、精神崩溃的男人，他穿得破烂，头发灰白。

听分析师讲，这个人得知真格投了一个与他的创意类似的项目，恰逢自己事业不顺，就炸了，坚信是投资人窃取了他的创意，常来公司堵人。

他在办公室"暴走"，抓住每个人尊称老师，要微信，一会儿又发了狠，说："我要告你们！都等着坐牢！"

他把自己的双肩包砸在桌上，里面的大铁杯子撞到桌上，一声巨响。

我被吓到了，悄声问行政助理："怎么不叫保安？"

她把我拉到一边说："Bob 不让，说还是得见见他。"

大老板很快出现。一见大老板，那个男人立刻握紧拳头，露出凶狠的样子。

大老板却向前一步，握住了他的手，安慰了他几句，把他带去了会议室。手被握着，他泄了气，表情变得很委屈，竟是要哭了。

后来我被问到过很多次，为什么要来真格？

不只是因为优厚的薪水，不只是因为这个行业财富和人性的密度太高，让任何一个热爱故事的写作者都无法保持镇静。

真正的"决定性瞬间"，是我看到大老板宽慰那位精神几近崩溃的男人时眼中的理解与安慰，不是"投资人对创业者"模式化的安慰，而是"一个善良的人对一个悲伤的人"的安慰。

那一刻打动了我。

大老板叫徐小平，新东方联合创始人，电影《中国合伙人》里邓超饰演的孟晓骏的原型。

真格还会投一些奇怪的、可能永远也赚不了钱的项目，也是加分项。比如投资公海上的一艘巨轮，让所有因为穷、签证等原因无法在美国入境的创业者能有一席之地，组团队创业。

一种大型浪漫主义。

六

哥大毕业的艾琳，美得让人费解——她为什么不做超模，要做酸奶？她的公司叫乐纯酸奶。

布朗大学毕业的王胜寒，提供每月一次的定制葡萄酒服务，经常得全球飞，跟各国的优质酒庄谈判，还得自己录视频、写文案、写葡萄酒的科普文章。

记者欧阳艳琴曾帮采访对象筹集过二十余万元的善款。她最近辞职了，创立了一家叫"科蚪"的企业，给低收入家庭的留守儿童提供一个可以做手工、发挥创造力的公共空间。

……

我的一位朋友称此为"新一代知识青年的上山下乡"。他认为，这些有精英教育背景的年轻人愿意放低身段，做前人看不上的行业，愿意去开拓无人在意的细分市场，能真正提升消费品的品质和审美。

会活到下一轮吗？能融到更多的钱吗？能当上 CEO，迎娶白富美，走上人生巅峰甚至改变世界吗？

我知道绝大部分都不会。更多的创业者，他们的公司会产生内部分歧，撕得腥风血雨，会转变方向，资金链会断掉，会发不出钱，会被黑得怀疑人生，会垮，会死。

机遇、奋斗、执行力、判断力……资本之外，能影响一家公司成败的因素太多。

但至少，在成就一个"更美好的世界"之前，他们成就了"更美好的自己"。变得更专注、顽强，有执行力，明白创业维艰，并愿意付出代价。

我想，我们每个人都可以被写进"北京风起时"这一高贵与苟且、希望与绝望、奇迹与庸常并存的浩荡的故事里。

举国创业、热钱翻滚的洪流中，追逐优质项目的投资人，疯狂增长的创业者，用钱投票的消费者……风起，风停，所有人，都已是故事的一部分。

"纸博士"柳军

◎ 顾 顾

柳军是一个标准的理工男。他在同济大学学的是化学专业，毕业后去了一家名列世界 500 强的 IT 公司工作。

如今，他的主要工作却是和纸打交道，他被时尚圈称为"纸博士"。他日常接触最多的是几百种不同材质、不同颜色的纸张，以及涂层、胶水、裁纸刀。那些纸张在他手中就像被施了魔法一样，变成了精致秀场上的旋转木马，童话世界里的小王子、城堡、圣诞树，比真人模特还要高的斑马，海滩上的椰子树……他甚至会用纸给模特做衣服。

他的每件创作，大到商场里的静态装置，小到迷你模型，都无比精致，富有奇幻色彩。

从 IT 男到"纸博士"

柳军第一次接触纸艺是在十几年前,真正把纸艺作为全职工作来做,也足足有 8 年时间了。

起初只是出于爱好,自己做一些小型的纸艺模型玩。业余时间,他受朋友之托,做些纸艺小作品,这些作品以捻纸为主。捻纸工艺复杂,需经设计、选材、裁剪、上浆、刮浆、压制、折叠、捻制、拼装组合等十余道工序才能完成,最考验人的就是细心、耐心及准确度,这些恰巧是柳军所擅长的——他有着理工科男生的严谨细致,可以很好地完成作品。

柳军算是国内最早制作纸艺作品的艺术家之一。八九年前,国内还没有现成的纸艺教程或攻略,他只能摸索着做,遇到解决不了的难题,就去国外论坛里找一些资料做参考。每每制作出满意的作品,柳军都会将作品的照片分享在网络论坛里。

央视少儿频道的编导注意到了柳军的作品,邀请他作为嘉宾到北京录制节目,教小朋友们制作纸艺。去北京的次数渐渐多了,往返很不方便,他又很喜欢纸艺,索性辞了工作,把纸艺当成全职事业来做。

2010 年,柳军来到北京,成了一名"北漂"。一开始,并没有人支持他,为了维持生计,他联系了一些学校开设手工课。三年间,他在不同的学校之间奔波,时间不自由,收入也有限,但即使口袋里只有几十块钱的时候，他也没有想过放弃。除了喜欢这个行业，他也看好纸艺的前景，对于这一点，他从不怀疑。

入行时尚圈

2013 年，在朋友的推荐下，柳军开始为时尚杂志制作纸艺道具，进入了另一种工作状态。

时尚媒体对纸艺作品的需求更为多样化，通常偏好纸雕艺术。对柳军来说，这项工作更具挑战性。

这几年，柳军设计了大大小小的纸艺作品。

这些作品中，有为杂志的广告大片制作的纸艺模型道具，也有为商场制作的大型美术陈列装置，他以前在大学里学到的建筑知识也得以运用。体积大的装置制作起来相对容易，制作难度较高的反倒是那些小巧精致的物件。柳军曾为一家时尚网站做了 7 个时装秀的场景模型，每一件都根据实景照片等比例缩小至几十厘米高，这用了他两个月的时间。

做纸艺用到的工具并不复杂，常用的是美工刀、胶水、固定工具及各种材质的纸张。柳军的工作室里常年备有两三百种不同厚度、不同纹理的纸张。

虽说现在从事的是艺术工作，但做纸艺模型，并没有让柳军丢掉从前打下的理工科基础，那些建筑、化学、机械工程方面的知识，在这个领域都有用武之地。比如，在做纸艺时，纸张表面需要处理，如何保持光泽度、涂层用什么配方，会用到一些化学知识，而纸艺模型的结构和建筑学更是息息相关。

"与这个行业相关的知识不见得有多高深和复杂，但比较琐碎，恰好我都懂一些，不会的就去学。"柳军不会把未知当成难题，在纸艺领域的探索中，他已经习惯了遇到问题就去补充知识，从而解决问题。

未来，柳军希望自己的纸艺侧重于大型舞台表演、装置作品，将机械装置、舞台艺术和纸张结合在一起，让纸张可以随着隐藏的机关动起来，将艺术与科技相结合。

热爱工作，也向往诗和远方

时尚行业有淡季、旺季之分，每年9月到次年1月是旺季。在淡季，柳军不用每天上班，有时会整月在外骑车旅行，临时有项目就赶回北京。有时接到小型的图纸设计需求，正在外地骑行的柳军，途中用笔记本电脑就可以轻松搞定，做完设计打印出来，快递给对方。

在骑行途中，看到一些好的建筑，他会留心建筑结构，拍下来分门别类地保存。有时候看奇幻类电影，看到适合制作成纸艺的场景，他也会记下来。他的灵感很少来自其他纸艺艺术家的作品，大多是这样有意无意的积累。

纸艺是一个很小众的行业，有时柳军也会遇到一些让他看不惯的事。比如，国内有从业者利用信息的不对称，抄袭国外艺术家的作品并用于商业目的。遇到这样的同行，他会敬而远之，从不与他们合作。

我比较好奇的是，学艺术出身的人和理工科背景的人在制作纸艺作品时，思维方式会有什么区别吗？柳军说，艺术家们通常会想得很抽象，先考虑怎么做才漂亮，但理工科背景的人往往会先考虑技术层面的可操作性，让风险处于可控的范围，然后再去考虑下一步。

都市里的人们普遍被焦虑感包围，柳军的心态却很平和。从事艺术工作多年，柳军依然是理工科思维。他的性格比较随性，爱好广泛——踢球、骑自行车长途旅行、开发软件……对于今后的发展，他心中有方向，但是不会分解成阶段性的目标，给自己太大压力。

从事着自己热爱的工作，也有诗和远方。

平静、专注、从容，柳军很享受这样自由的状态。

梦想总是潜伏在我们的心底，

使我们的心灵永远得不到宁静，

但只要坚持梦想，做好最对的那件事，梦想就能照进现实。

丹心挥洒新愿 /

创业路上，幸好有梦想同行

◎ 杨晓锋

一

苏格拉底曾说："世界上最愉悦的事，莫过于为理想而奋斗。"我的理想是成为一名慈善家，这个想法源于 2008 年的汶川大地震。

地震发生后，我的老家甘肃静宁也受了灾，身在武汉的我却爱莫能助，申请去灾区做志愿者也没能成行。1000 元的助学金，我拿出 800 元捐给了灾区。我知道这些钱对于灾区来说微不足道，而自己想做的事情远不止这些。那段时间，我感觉自己空有满腔热血和爱心，却难以实现。

我在报纸上看到很多企业积极捐赠，触动很大。我渐渐明白：爱是需要能力的。当你连学费都交不起时，怎么去帮助别人？当你连家里都帮不了时，怎么去帮灾区？一个强烈的想法在我心里萌生：必须让自己尽快强大起来，只有这样才能影响和帮助更多人。也正是因为这个想法，我决定创业。

2008 年，我上大二，在学校带领团队创业，已经干得小有名气。后来，我决定休学，全身心投入创业中，这不是一时头脑发热，而是想要真正地做些事。

二

创业伊始，我对互联网非常感兴趣，受到《赢在中国》节目中马云的影响，我认为电子商务是未来发展的必然趋势。于是，2009 年，我注册了个人的第一家公司，开始做校园电子商务。由于缺乏经验和足够的资金，这次创业在 3 个月后遭遇了很大的阻力。我发现做电子商务太烧钱，远远超出了我的能力范围。2009 年 10 月，新公司成立不到 4 个月，就因不断加大的投入致使资金链断裂，随后，合作伙伴退出、员工离职……一时间，所有事情碰到一起，我整个人日渐憔悴，每天总感觉被什么东西压得喘不过气来，似乎随时会窒息而亡。

那段最煎熬的时期，我之所以能挺过来，是因为有家人的关心和朋友的支持。在我最困难的阶段，妈妈的洗衣店经营得很好，基本能解决我们母子的生计问题；妹妹也把打工挣来的钱给了我，让我能够生存下去。与此同时，创业路上结识的一位好朋友主动找到我，给我提供了一笔非常关键的资金，并鼓励我坚持下去，这让我有了东山再起的底气和资本。

在家人和朋友的支持下，我重新调整方向，组建团队，从最简单的产品代理做起，拼命赚钱，一切都是为了让公司能够生存下去。2010 年年底，公司终于盈利并偿还了债务，此时，我却选择了离开。我感觉有更大的使命等着我，有更大的梦想需要去实现。2011 年，我重回互联网行业，创立了一家网站，将其定位为大学生综合服务平台，提供校园资讯、兼职实习、教育培训、出国留学、二手交易、团购等服务。

三

我原以为经历了上一次创业的坎坷，这一次会顺利很多，实际上，在创办网站的过程中，还是遇到了很多新的困难。不过，我已经能够更加从容地应对，不断地调整优化，逐渐明确定位，让公司步入了正轨。

经营了一年时间后，我发现公司的业务过于繁杂，团队运营能力有限，便着手排除各种阻力做减法，打造一家专门为大学社团服务的网站，为社团提供宣传展示、活动管理、跨社联谊、新闻报道、资料共享等服务，其中最关键的是社团活动的宣传和赞助。

在我看来，高校社团做活动存在两个信息不对称：一个是学生与社团间的，另一个是社团与企业间的。首先，活动发布后推广渠道分散，不利于同学们集中获取，而活动主办方又觉得参与人数不理想。其次，我读大学的时候做过社团外联工作，经常需要拉赞助，我发现很多企业都想做校园推广，但对校园市场不熟悉，不知道找谁合作；同样的，很多社团想找赞助商，但不知道该找哪些企业，也不懂如何与企业沟通。我们曾经联合百度、加多宝集团在 2015 年春节期间开展了"一分钱送六罐加多宝"的活动，短短一个月，就为百度钱包赢得了 100 多万用户。我们动员全国大学生社团组织学生走进各大超市、社区推广此项活动。这类活动帮助大学生进行了社会实践，同时也帮助企业降低了推广费用。

在服务学生社团的过程中，我参与了很多学生社团主办的活动，同时与大学生进行深度的沟通和交流。我强烈地意识到就业问题才是大学生面临的最主要的问题，也是最急需解决的问题。当下，大学生越来越迷茫，大一、大二的时候非常空虚，严重缺乏职业规划。大三、大四的时候又非常焦虑，充满危机感，为了提升自身的竞争力，去考各种证书，仍然找不到理想的工作，一毕业就失业。

我与一些企业家、HR 沟通后了解到，许多企业进行校园招聘时，发现学生的专业知识与企业的需求严重脱节。同时，实践能力非常欠缺，再加上基础的职业素养不够，所以很难招到需要的人，于是就出现了企业招人难的问题。那么，如果大学生从进校园起就了解和学习职业规划，多参与一些精品实践活动，提升自己的综合素质，是不是就可以更好地与社会接轨，并顺利就业呢？

由此，网站在我心中的定位更加清晰，我想在服务社团的基础上，将网站打造成大学生的成长社区，学生们可以参加与体育、公益、音乐、电影、社会实践有关的各类有趣的活动，可以创建或加入自己感兴趣的社团，可以结交志同道合的朋友，一起成长，共同进步。这样既可以帮助大学生开阔视野、提升能力、快速成长，又可以帮助企业进行校园推广和人才招聘。

目标明确了，但我们面临的竞争也很激烈，类似的企业多达数十家，我们如何从中脱颖而出呢？我认为除了做好产品和服务之外，还要对接资本，借助资本的力量加速发展。

2014 年，我们的网站先后获得数百万元天使投资。2015 年 8 月，公司又获得了 1000 多万元的 A 轮融资。与此同时，团队规模扩大了 3 倍，收入增长了 10 倍。目前公司估值近 5 亿元，正在筹备新三板的挂牌工作。

四

创业犹如跑马拉松，只要你坚持不懈，一定会冲到终点，成功只是时间问题。

我是一个跑步爱好者，我跑过的马拉松总距离超过 2000 公里。对跑步者来说，每跑一步、每经过一段路都有不同的风景。对我来说，跑步是调整自身状态的最佳方式。在公司，我鼓励员工跑步，跑"半马"的员工可以带薪休假，跑"全马"的员工还可以报销旅费。4 月 10 日，我参加了武汉国际马拉松赛，每跑一次马拉松，感觉就像是完成了一次修炼，整个人会非常自信，感觉没什么困难是战胜不了的。

梦想总是潜伏在我们的心底，使我们的心灵永远得不到宁静，但只要坚持梦想，做好最对的那件事，梦想就能照进现实。

杨晓锋，校导网创始人、董事长兼 CEO，曾休学两年创业。他坚信"人之所以能，是因为相信能"。

邓毓博：互联网＋美味捍卫者

◎ 王　飞

一

　　邓毓博显然是有备而来。采访开始之前的几分钟，他翻着《读者·原创版》杂志，与我谈了一下合作的意向。"读者"和牛肉面是我们这个城市的两张文化名片，邓毓博希望将二者结合起来。虽然还没有特别成熟的想法，但他不放过每一个机会，在与潜在的合作伙伴探讨的过程中，自己的思路也在一点点变得清晰。

　　当天下午，一份合作方案已经发到了我的电子信箱里。这是创业者的效率，坦白说，我有点儿不适应这样的节奏。

　　邓毓博现在的身份是互联网新美食品牌"牛大坊"的创始人。跟人介绍自己的时候，邓毓博客气地说自己"是在网上卖牛肉面的"。有人觉得莫名其妙，"什么玩意儿"，但在过去的 5 个多月里，他已经售出了 6 万份兰州牛肉面，让人不免要对这个相貌平平的年轻人刮目相看。

1981 年出生的邓毓博有着与生俱来的幽默，创业之前，身为计算机专业博士的他在兰州大学任教，做过一些科研项目。

他自嘲，那些产品听上去"高大上"，却并不太接地气。

2014 年 1 月，邓毓博放弃教职，和几个博士、硕士一起创办"牛大坊"。当年 12 月，产品正式上线，经媒体报道后一时成为舆论热点。有人说这是励志传奇，有人说这是人才浪费。也有人质疑，牛肉面馆在兰州遍地都是，而在北京、深圳、成都等地，兰州牛肉面连锁品牌规模不断壮大，现在做这个能赚钱吗？

邓毓博信心满满："卖牛肉面的同行里这么多年也没人想出利用互联网搞一把，我碾压他们一下不行吗？"

在这之前，市场上也有打着"兰州牛肉面"旗号的快捷食品销售，但其实就是方便面——面饼和调料包的组合并没有兰州牛肉面的风味。

邓毓博和他的团队拜一位做了几十年牛肉面的老师傅为师，学习传统牛肉面的做法。8 个月后，这群理科生不但掌握了制作工艺，还攻克了规模化生产及保鲜的技术难题，甚至申请了三项国家专利。

"牛大坊"的产品包装盒里有面条、油泼辣椒、醋、白萝卜、蒜苗，还有铁罐装的牛肉和汤汁。作为快捷食品，煮出的面和牛肉面馆里的面味道非常接近，有在国外的网友评论："泪流满面，终于吃到了家乡的味道。"

二

"牛大坊"的产品上线 5 天，预售突破了 7000 份。兴奋过后，邓毓博傻眼了——第一批产品只做了 5000 份，原本以为得卖两三个月。库存告罄，客户等不到卖家发货，渐渐生出怨言；紧接着，又有客户投诉，由于包装设计不合理，装汤汁的铁罐压破了醋包和辣椒包。

当产品经受了市场的检验之后，邓毓博和他的团队看到了自己的短板——他们虽然做事严谨，善于钻研并能解决技术难题，但对于包装、设计、营销都是外行，不了解消费者的需求，也没有考虑到快捷食品本身的特点。比如，邓毓博想把面做得尽量长一些，但干面条很容易折断，反倒影响了用户体验。这个设计完全源于惯性思维——作为从小吃牛肉面长大的孩子，已经认定了"牛肉面应该是什么样"，而作为互联网创业者，邓毓博觉得，得有点儿想象力，让用户看到"牛肉面还可以是什么样的"。

邓毓博决定暂停销售，根据用户反馈，对产品进行改良。

"牛大坊"现在的面条是用机器做的，邓毓博打算改为纯手工制作，还会推出粗细不同的版本，粗粮面粉也列入了选材计划。

为了解决调料包破损的问题，邓毓博换了外包装内衬，对调料摆放的位置也做了调整，一群人拿着包装箱在地上摔来摔去，用最简单粗暴的方法检测质量。

之前，"牛大坊"的目标客户是兰州人或在兰州生活过的外地人，现在主打"健康"概念。邓毓博还打算做一些便于在野外烹饪的设备，这样一来，喜欢自驾和户外活动的人也可以带几盒出行。

邓毓博还将目光投向了二、三线城市和海外市场。"市场其实足够大，"邓毓博说，"虽然不至于挤掉实体店，但应该抓住我们可以抓住的。"

三

销售业绩虽然不错，但邓毓博说"牛大坊"目前只能算是微利，他没有从"牛大坊"拿到一分钱，自己的收入来源完全依靠之前做项目的积累。

邓毓博给我算了一笔账，抛开人工、食材、物流等各项成本，确实所剩无几。但消费者觉得"牛大坊"的产品价格太贵——一份二十多元，够在兰州吃三四碗牛肉面了。还有网友留言说担心邓毓博的"心理健康"——说这人想钱想疯了，让人好气又好笑。

邓毓博希望产品价格回归大多数人能够接受的水平，但受制于资金，很多想法难以实现。同样的原因，"牛大坊"没有广告投入，邓毓博更多是靠微博和微信来宣传产品。

"牛大坊"的微博文艺又欢乐，什么网络热点都能和牛肉面扯上关系——张馨予亮相戛纳电影节爆红之后，"牛大坊"的包装盒也穿上了"东北大花袄"；电影《复仇者联盟2》上映时，"牛大坊"推出了超级英雄吃面的宣传海报——钢铁侠端着一碗面，头顶的广告词是："可以用来捍卫的荣誉有很多种，比如传统的美味。"

此前，媒体对"牛大坊"的报道有两个关键词：一是博士辞职卖面，二是互联网思维。

财经作者苏小和说："'互联网思维'正在成为忽悠关键词。一家咖啡馆再怎么有'互联网思维'，得有人一杯杯买；一家米粉店，说自己利用 LBS 技术选址，通过品牌社群引流，还得一碗碗卖。互联网最多降低了信息传播成本。咖啡难喝米粉难吃，立马就歇。"

在邓毓博看来，互联网的确是一个特别好的品牌宣传和产品销售渠道，无论是传统企业还是创业者，都要抱着开放的心态，积极拥抱互联网。邓毓博想在产品的包装盒上加入一些社交元素，可以增加用户黏性，进而提供更多的产品和服务。

做好一碗面，仅仅是邓毓博创业计划的第一步。

四

与微博的搞笑风格不同，"牛大坊"微信公众号的内容偏严肃，在这里，邓毓博更多是分享一些创业的心得和体会。他在一篇文章中写道："离职后第六个月，我的生活依旧充满了挑战和风险，但我生活在一种难以言喻的快乐里。"

在辞职创业之初，邓毓博觉得自己"仿佛是所有看客杯中的烈酒，让他们兴奋、燃烧、冷嘲热讽、高谈阔论、彻夜不眠"。

这本是应该赞美为梦想奋斗的年代，自己的举动反而遭受非议，这让邓毓博觉得荒谬。他也曾担心，离开体制的庇护去自由闯荡，结果却成为生活的奴隶，拼命打拼还是无法获得想要的成果，可他还是选择了相信自己。

邓毓博明显感受到自己身上发生的变化。

与合作伙伴洽谈，参加创业者论坛……每天接触大量优秀的人才，社交圈放大了很多倍。而公司运营、市场推广及活动策划，也让自身的综合素质飞快提升，一些大公司向他发出了邀请，这可以看作是对他能力的认可。让他感到欣喜的是，自己的心态更为开放积极，很多之前不敢尝试的事，现在都乐意一试。

前不久，邓毓博考取了梦寐以求的汽车拉力赛执照，他兴奋地把照片发到"朋友圈"里。有人评论道："考这玩意儿太不实用了，平时又上不了路。"他回复："我觉得，人不是为了活着而活着。"

2015 年 5 月 8 日，"牛大坊"获得 200 万元天使融资。对于邓毓博，这是一个新的起点，可以暂时卸下背负的质疑和沉重的经济负担，喘口气。

那个晚上，他这样写道："我觉得终于得到了一个机会。我想和你们谈谈梦想、勇气……当我第一次去车库咖啡的创业圆桌时，看着满座的年轻面孔，我觉得自己仿佛是旧时代的残存，在我还因为我的些许勇敢暗自窃喜时，整个时代都悄然改变了。这是曾经待在体制里的我永远无法看到的。

我厌恶'心灵鸡汤'，因为它们总是拿出极端的个例当作普世价值，充满煽动性却没有任何意义。但我又不得不说，我相信有一种普世价值必然存在：'你不去尝试，永远不会知道自己有多强大。'"

在熊亮看来，

如果想让孩子对什么产生兴趣，

不必手把手去教，但一定要给孩子空间。

丹心挥洒新愿 /

熊亮：先当野孩子，再当画家

◎ 顾　顾

曾经有一个小男孩一本正经地问熊亮："叔叔，怎么当一个野孩子？"

熊亮同样一本正经地回答他："这事有点麻烦，你以后可能会变成一个闷蛋。"

熊亮，儿童绘本画家，7 岁女孩的爸爸，代表作《小石狮》《兔儿爷》。曾获台湾开卷最佳童书奖。

熊亮留着长胡子，看上去很老成，酷酷的，但一接触就原形毕露，没个正形儿。聊到兴起，他盘腿坐在地上，手舞足蹈地讲故事，似乎连胡子都会说话。

他的生活符合你对儿童绘本画家的想象：神秘的长胡子，眼睛里时刻闪现着的灵感的火花，偏居城市一隅，骑单车旅行……

熊亮高中没读完，绘画全凭儿时在阁楼里跟着《芥子园画谱》

自学的底子。工作后，绘画的梦就搁置了。28 岁那年，他重新拾起了画笔，把中国传统的小石狮、兔儿爷、风筝、年……带到温暖的故事中。

在他的笔下，年是一个貌似很可怕的怪物，会吃掉孩子，但其实它很孤单，孩子们说"年，新年好"时它会感动得稀里哗啦；包公是个很自怜的人；而梵高是个很幸运的家伙。

"小时候学到的那些东西，是不会丢掉的"，这是熊亮做儿童绘本的原因，他希望能带给孩子们一份温暖的记忆，让孩子们去相信"万物有情"。

先当野孩子，再当画家

小时候的熊亮是一个野孩子。

野孩子，就像地里长出来的植物，给点阳光就灿烂，撒着欢儿地玩，无拘无束，自由生长。

熊亮在浙江的一个小城市长大，父亲经常骑自行车带他去乡下小溪里抓虾，去地里捉蚂蚱、捡石头、爬树、抓蛇。这得益于他有一个上进的哥哥熊磊当好学生承担压力，熊亮就自由了，成绩单很少有人审查，放了学就去野地里玩耍。

熊亮很小就拥有自己的阁楼。还在他上小学、初中时，父亲去图书馆借了许多书给他看，有古代的书法作品、山水画，还有人体艺术画册。不上课的时候，熊亮就在阁楼里按照《芥子园画谱》自学画画，凭着兴趣，一直画到高中。

有个高中同学被父母管得很严，经常被吊着打。有一天，同学和家长对峙："为什么我不能像熊亮那样想出去玩就出去玩？"同学家长训他："熊亮会画画，你会什么？"

其实那时的熊亮，画画也未必出色。归根结底，是家长的放纵。

熊亮走上绘画之路后，一个画画的朋友和他说起自己小时候学画的往事。朋友是正经拜了师学艺的，画画也很专业。有一天，画了整个下午很疲惫，就在躺椅上躺了一会儿，突然听到了爸爸的脚步声，吓得腿都发抖，起不来了。朋友的爸爸见他偷懒，狠揍了他一顿。

熊亮长大后，很庆幸父亲的放养政策。

没有人管他、约束他，才让他对绘画的爱好发自本心，没有像朋友那样留下阴影，他才能在 28 岁时重新捡起画笔。

现在，熊亮已经出版了四套绘本丛书，他做创意绘画，哥哥熊磊进行策划推广工作，合作十分默契，在业界，兄弟二人被传为佳话。

"野爸爸"教女记

熊亮的女儿叫熊添竹，意为"熊猫添竹"，她最爱的游戏就是和爸爸一起捡石头。

全家刚搬到北京郊区亦庄时，熊亮的遗憾是"太干净了，地上只有易拉罐，找不到有泥土的地方"。他骑着自行车在附近转，幸运地找到了田野、鹅卵石和泥土。

有一天，哥哥熊磊碰到了熊亮和添添。

熊磊问添添："你在找什么？"

添添高高兴兴地答："爸爸和我捡故事呢。"

一花一世界，一个小石子就有一个故事。

每一个石头都不规则，样子千奇百怪，颜色也各有不同：三角形、瘦长形、扇形，赭红色、墨绿色……捡回来的石头，他们视若珍宝。洗干净后，添添挑出最喜欢的石头，剩下的被熊亮带到工作室里。

熊亮去旅游时，也不忘给女儿捡石头，千里迢迢背回北京。石头们有些是来自泰山山顶的，也有西藏阿里的，还有大同云冈石窟附近的。

他们组织了一个小石头剧院。爸爸给小石头化妆，小石头就有了五官和表情。它们有的被派去当护士，有的当医生，还有的去当病人。这些小石头的演出即将变成《野孩子》系列图书。

熊亮画完了《野孩子》才发现，有的奇特的石头并没有出现在"演员"的行列中。一问女儿才知道，最好的石头都被女儿"私藏"——放在了自己的柜子里，舍不得拿出来。

熊亮乐了，其实在人生中也是，有时候你不能太出色，太出色往往会失去机会。这个社会永远是二流的角色在唱主角，连这个小石头剧院也不例外。

他经常告诉女儿要环保，不光说，还身体力行。

熊亮用的手机是妻子淘汰下来的，用得太久，电池不好，每天只能打三个电话，"三个电话也就够了"。

电脑是很老的型号，上网速度很慢，好在他也只是上网发发邮件。画画都是用纸笔，买来店家的老纸，粗糙的纹理，坚韧的纸张，有种岁月积淀的感觉。

再热的天，他也不开空调，一杯杯连喝普洱茶，流汗不止，"出点汗，对身体好"。工作室里的空调形同虚设。

7岁的女儿和她5岁的表弟玩，看到表弟浪费水，着急得哭出来。

添添继承了爸爸的天分，很喜欢画画。

我问熊亮："你是画家，自然会教孩子画画。

不会画画的家长，怎么培养孩子的艺术才能呢？"熊亮说："家长并不一定要比孩子画得好。"

即使是画家，也不是每次都能表现100分。

熊亮白天在画室工作，傍晚回到家很累。女儿兴致盎然地让爸爸和她一起用面包土（软陶）比赛捏壁虎。女儿捏的壁虎有起伏感，非常细腻生动，而熊亮应付了事，作品就很粗糙，通常妻子都会认为女儿比他捏得好。

"家长不一定样样做得完美，只要把时间给孩子，她会很高兴你和她一起玩。"

"玩得多的孩子，长大后，活力就显现出来了。"

在熊亮看来，如果想让孩子对什么产生兴趣，不必手把手去教，但一定要给孩子空间。熊亮就给了添添这样一个自由的空间。

她有自己的桌子、颜料盒、笔筒、文件夹、装绘画作品的筐和抽屉，这是一个孩子完全独立的空间，大人不能去干涉，这样孩子才有小主人的意识。

熊亮没想过让孩子去学钢琴、小提琴，去考级。他更鼓励女儿学点"无用"的知识，看各种有趣的作品，听有趣的音乐会，看有趣的展览，见有趣的大人。兴趣就是特长。只要大人愿意付出时间和耐心，哪怕是捡石头，也是在玩艺术。从一块小石子的花纹看到的，比一整架的玩具蕴含的还要多。

"野孩子"式的生活方式

熊亮喜欢和孩子们接触，有时间就会去各种小学上课。

他给孩子们带去欢乐的同时，孩子们丰富的想象力也给他带来了灵感。

他在上课时，有个小学生写了一个字——"囧"，熊亮添上几笔，"囧"字就变成了一个表情很"囧"的小人，栩栩如生。这就有了《最好玩的汉字》一书的创意。

"笑"变成了笑眯眯的太阳，每天都会升起；"臭"则化身为一只不怕臭的屎壳郎，正在投入地玩粪球；正在云端打坐的和尚脸上的表情分明就写着大字"空"……每一个字都有自己的表情。

北京打工子弟小学、四川绵竹汉旺的帐篷小学、山区里的学校……都留下了熊亮的足迹。"如果一个条件很好的学校和一个山区小学都让我去讲课的话，我会去山区的小学，我想条件很好的学校也不缺我一个老师。"话说得很朴素，但在理。

熊亮在帮助孩子的同时，也收获了很多故事。

河北张合庄四年级的王璞写了一个故事：《我的理想》，"我的理想是当特别有名的医生……我梦见自己成为医生，25个病人，15个打针，9个吃药，1个进了手术室。5天下来有一万多块钱，这些都拿来买医疗器材，查出各种各样的疾病。我要努力读书，实现我的理想，这样，世界上就没有生病的人了。"

熊亮把这篇作文画成了一本绘本书。但因为绘本的价格很高，像王璞这样的乡下孩子，虽然喜欢读书，却很难看到以自己为主角的书。因此，熊亮决定，这本书的稿费将用来建立这个学校的图书馆。熊亮也希望有更多人出力将这些精装绘本书印成简装，免费派送给边远学校，只有这样，绘本才有价值。

熊亮没有买车，他常常骑自行车出行。从熊亮亦庄的家到中国美术馆大约27公里，他经常骑车一个小时去看画展。

熊亮有一组画名为《我赞成不理智的生活》，所谓不理智，其实就是有些不切实际的想法，无功利性地投入热情去学习，去玩，去旅行。

不管去西藏、新疆，还是去附近的公园睡上一觉，只要让自己跳开眼前的世界去想，心就会变得更开放。

对千姿百态的世界万物感兴趣，这也是野孩子的暗号。

目前，熊亮在自学唱歌，吟唱古诗词，他说："也许有一天，我会当个歌手。"

谁知道呢？野孩子做的事总能让人瞠目结舌。

一个创业者的自白

◎ 艾国永

如果你爱他，就劝他创业；如果你恨他，也劝他创业。因为，创业既是令人着迷沉醉的天堂，也是令人焦虑万分的地狱。

一款胎死腹中的APP

2015年2月，我离开效力时间最长的一家单位——新京报，在北京开始了人生中的第二次创业。上一次创业是在12年前，我在南京开了一家叫作郁金的装饰公司，在公司5个月的寿命里，从未接到过一单生意。正巧那一年遇上非典，初次创业失败的借口不找自来。很多年以后，我仍时常复盘，失败的原因十分清楚：毕业3年还很幼稚的我，根本不具备做一名创业者的能力。

面薄如我，或者虚荣如我，要到很多年后，才能坦然地承认这一点。

我以为 12 年后，自己已拥有一张设计得缜密无隙的创业蓝图，只等一步步地描摹于白纸。但时间与事实会教育我，闭门造车，行之不远。

我的马孔多公司计划推出一款跑步 APP，类似咕咚、悦跑圈，但会强化"朋友圈"的功能。考虑到资金问题，前期不可能有太大的投入。软件设计师由我自己担纲，我设想的跑步 APP 具备两大基础功能：一是计时与计步，二是分享与社交。

我对各款优秀的 APP 进行分析、对比，最终以微信"朋友圈"、Nike+Running、无秘为模板，吸取三家之长，用手工一张张画出了跑步 APP 的所有页面。

文科毕业的我，与软件设计隔着十万八千里。通过朋友的介绍，我与一家软件公司达成了合作意向。那家公司的老板是一个面容憨厚、朴实无华的人，看着就值得信赖。

交付定金之后，在合同约定的测试期里，我没有看到软件。因为是朋友介绍的，我没好意思太催。终于拿到测试软件之后，我发现只有一个主界面，距离要求相去甚远。对方一再表示歉意，称手头活儿太多，工程师回家过年人手不足，希望能够宽限些时日。心慈手软的我又给了对方一段时间，自己却心急如焚。

市场竞争是很激烈的，产品推出越早，对抢占用户越有利。而且，在等待的两个多月里，市场已经发生了很多变化——原本这个领域的竞争对手很少，仿佛一夜之间，同类 APP 大量涌现。这个领域早已不是蓝海，而是拼得你死我活的红海。没有千万级的推广费用，不可能打造出一款广受用户喜爱的跑步 APP，而我们这个小公司，不可能有这样大手笔的投入。

这时，我从朋友那里得到了一个让人精神为之一振的好消息：那家公司资金困难即将倒闭，无力再进行后续的软件开发。我拿回了 7.5 万元定金。

谢天谢地！

一场险象环生的马拉松

跑步 APP 胎死腹中，就这样，公司又回到了起点。未来做些什么呢？

公司设定的另外两个方向：体育公关，做了一个项目之后没有新的项目进来；体育出版，因为没有合适的人来操作，迟迟无法开始。

做事的公司不一定活，不做事的公司一定会死。给自己找项目吧！

如果写文章、搞宣传称作"文"，办比赛、搞活动就是"武"，体育创业公司，就应该能文能武。先从搞小活动开始。2015 年 3 月，我带着当时仅有的一名员工，临时聘请了一位跑步教练，通过微信公众号和微信群，呼朋唤友，召集到了 100 余人，于是就有了马孔多公司的第一个线下活动：奥森公益春跑。

有了一次还算过得去的试水，我们开始主推自主品牌"快乐村跑"：每次由一名奥运冠军领跑，在北京郊区推出集美食、美景、跑步于一体的健身休闲活动。没想到，还挺受欢迎。举办了 4 次"快乐村跑"之后，在一位朋友的帮助下，公司幸运地获得了一次主办大型马拉松赛事的机会。从不断举办小活动，到举办大型赛事，这是我们梦寐以求的。

这场大型马拉松赛事，从决定举办到最终完成，一共只有 45 天。这是疯狂的 45 天：与政府谈判，履行公安、消防、食品、卫生等报批程序，完成赛事的报名、招商、交通、住宿等工作，可谓千头万绪。

每一个细节，我们都尽可能地事先进行推演。事后证明，这一遍遍不厌其烦、具体到细枝末节的推演，对于从未有过大赛承办经验的我们来说至关重要。即便如此，赛事举办过程中，仍然险象环生。

问题首先出在报名环节。报名时间过去将近 10 天，报名人数却只有两三百人，而赛事预设的规模是 2000 人。2000 人的比赛，现场去 1500 人尚可成立，如果只去两三百人，那必然是一次灰头土脸的失败。而且从经济的角度来说，选手的报名费是每人 200 元，差这么多人，意味着原先估计的销售收入少了 30 多万元！

还有 10 天，怎么招到选手？那段时间，我着急上火，嗓子很快哑了，说不出话来。

生病不能解决问题，必须从速应对。我想出了两条应对之策：一是增加了5公里、10公里项目，毕竟，半程马拉松（21.0975公里）对很多人来说是可望而不可及的；二是扩大宣传，增加报名渠道，利用各家门户网站的宣传资源和受众定位精准的跑步微信公众号资源进行推广。

事实表明，这是行之有效的解决方案，我们最终招满了选手。

比赛的头一天晚上，还发生了载有音响等重要物资的卡车撞坏村民围墙的事件，结果卡车与物资被村民强行扣留。

我们晚上9点到达现场协调，经过6个小时的苦苦"鏖战"，直到第二天凌晨3点才解决了问题，将物资带到了比赛现场，没有影响到赛事的正常举行。

一场大型马拉松赛事的筹备起码要3个月以上，我们完成了一个不可能完成的任务，在业界创下了一个时间上的新纪录。然而，这是不可复制的，我常觉得后怕。我再也不会去办一场筹备期只有45天的赛事了。

一家寻求突破的初创公司

创业之前，我时常感到焦虑。我是一个习惯自我加压的人，在报社分配的任务之外，我会给自己增加很多新的任务，经常把自己搞得焦头烂额。创业一年之后想起从前，觉得从前的焦虑与现在的相比，实在不算什么。

公司的项目，政府迟迟审批不下来；融资不顺利，账上的钱捉襟见肘；人才总是不够用；找不到能盈利的大项目……太阳照常升起，每天面对焦虑，"生"与"死"，赤裸裸地考验着一家初创公司。

在面对难以承受的压力时，我也有不足为外人道的解压之法：躺在床上看手机能看一天，不愿意与任何人打交道。记得有一次，等一个对公司来说非常重要的消息，一天都没等到，而这一天，我几乎都是在床上度过的。第二天，依然没等到。我知道，我必须精神抖擞地去面对这个世界，把心事存在一个小角落，尽量不让它干扰其他的工作。

记得以前在报社的时候，会感叹做一件事的麻烦：需要向分管副总裁汇报，向总编辑汇报，向社长汇报，还要在社委会上汇报，一套话说四遍。如今有了"独断专行"的裁决权，用起来却更加谨慎，生怕在错误的方向上枉费功夫，浪费资本，创业公司不允许太多试错。

不断地规划、验证，我们逐渐把公司的业务分成三部分：一是马拉松赛事运营，二是新媒体运营，三是体育影视运营。2015年2月底，马孔多公司注册，至今已经过去了14个月。在业务上，从最初的想法到现在的雏形初定，我常常说，这中间隔着100个想法，每一个想法，可能都是特定时期的"真知灼见"。设想时，可以不断做加法；落实之前，则是大刀阔斧地做减法。

不管多么困难，目标是高远的、不变的：希望在创业三年之时，公司的流水可以做到千万元级；在创业五年之时，可以做到亿元级；在更加长远的未来，公司可以做到前途不可限量。

实现目标的路径可以变动，而目标是恒定不变的，那就是以全部的才华与智慧，寻求突破。

1+1 的答案是无穷的，可能大于 2，那是因为合作；

可能小于 2，那是因为残障人士与社会的距离拉近了；

也可能等于1，那是因为融合了。

丹心挥洒新愿 /

1+1 声音工作室：黑暗中的"发声练习"

◎ 顾 顾

"提到盲人，很多人还会停留在白大褂、黑眼镜、盲杖的印象。事实上，很多城市里的盲人通过读屏软件可以上网，通过'听'网页，和时代保持信息同步。"1+1 创始人之一解岩说。

北京市丰台区西罗园，一栋平淡无奇的写字楼里，有这样一个民间非营利组织——1+1 声音工作室（简称 1+1）。

他们通过声音来传达对世界的理解，他们拥有自己的直播间和 14 位广播从业者——其中 10 名为残障人士，却担负着近百家电台的节目制作任务，节目内容面向大众。同时，他们有专为盲人打造的全天候网络电台节目。

毫无疑问，这是一项庞大的工程。

先了解残障，进而让你忘掉残障——这就是 1+1 制作"广播媒体"的初衷。用解岩感性的话来概括："请你给我们改变你的机会。"

1+1 的最初

最初，1+1 = 高山 + 解岩。

1983 年出生的高山，因患有先天性眼球震颤，致使物体在眼睛里无法稳定成像，视力不及 0.1，具备"放大镜"功能的眼镜和装有语音软件的手机是他必备的"武器"。他一直在健全人当中成长学习，毕业于武汉科技大学计算机系。高山说话慢条斯理，声音平和，很有逻辑。

工作室中最"老"的解岩，35 岁，必备"武器"是双拐和有着浓郁艺术家气息的胡子。

他行动利索，语气坚定，声音铿锵有力。他脸上并没有公益从业人员特有的温和表情，即使在微笑时，仍有些威严，可冷不丁也会冒出一些冷幽默。

解岩曾是一家 IT 公司的大客户经理，因骨癌致残。30 岁那年，他第一次借助双拐下楼，成为肢残人士。

关于自己的过去，他不愿提及太多。

和解岩说话很费脑子，他的语言感性十足，可谈及对自己以及团队成长的剖析，却犹如手术台上的外科专家，冷静到近乎无情。

他这么解释自己的"冷静"——"公益不光是奉献爱心，更是门专业。"

"你好奇吗？我是个肢残人士，为什么和盲人一起工作？"

"好奇。"我老老实实回答。在挂起拐杖之前，解岩的职业经历能让他有多种选择，可为何选择和盲人一起工作？

他又笑了，那笑容似乎代表他成功设了一个套，告诉我：不出所料，你中计了——"事实上，你还是直面了我和你的差异，残障只是一种显性的差异，并不是因为我们的差异让我们在一起工作，是能力，我们不同的专业能力使得我们在一起工作。"

3年前，解岩和高山因共同的原因离开了一家公益组织。问及原因，他举了一个例子："比如他们介绍我时，不会说，这是解岩，而是说，这是一位肢残人士。我是盲人也好，是听障人士也好，但我有自己的名字。"

因为他们本身就是残障人士，更了解残障人士的需求，而有很多帮助残障人士的公益组织却不太了解这个群体。

于是有了1+1。

1+1的广播之路，从播客开始。毫无广播制作基础的他们，制作出的节目意外地得到了网友认可，而网友并不知道节目背后的主创是残障人士，这样的肯定让1+1深受鼓励。

不久后，他们的节目引起了国外一家基金会的关注，获得了该基金会的资助和专业培训。1+1逐渐建立了自己采、编、播一体的制作团队和面积不大却五脏俱全的直播间。他们制作的节目露脸的机会也增多了，从最初登陆一家地方电台，一周仅仅7分钟的节目时间，发展到现在为近百家电台提供内容制作。为此，他们用了 3 年的时间。

2007 年，1+1 取得了上海特奥会的赛会记者证。

2008 年，他们获批制作百集残奥会节目《爱上残奥》。青风和解岩成为首批取得残奥会注册记者证的中国残障记者。

办法总比问题多

在工作室，我留意到一个细节：这个不大的工作区里，有十余台电脑开着，但大部分显示器都是关闭状态，显示器可有可无，而每个人桌前，耳机不止一副。他们大多通过"听"电脑来操作各种软件，制作节目。

登录 1+1 的网上节目平台，单看看节目设置就很丰富——美食经、居家经、按摩经、IT 经等，他们还发动了大学生志愿者从杂志上选一些文章读给听众听。

节目内容包罗万象，大到纪念香港回归这类的新闻播报，小到如何做饭、养花、养狗，怎样网购，甚至具体到如何注册支付宝。他们还曾邀请过一对盲人夫妇分享自己的做饭经验：怎么倒油、控制油量，如何放盐……主持人青风在这对夫妇的指点下，亲手操作，一试，"还真是那么回事"。

节目不光实用，内容也挺"潮"。9 月份的一期节目就以网络流行语为主题，谈"你妈妈喊你回家吃饭"及当下最流行的"寂寞"句式。

1+1还有几个听众QQ群，听众们经常边听节目，边在群里交流。

和寻常电台直播间不同的是，主持人接收信息全靠听，导播的声音、音乐的声音、搭档的声音、QQ群读屏软件的发声、听众连线等五花八门的声音混杂在一起，给主持人带来很大的困扰。搞IT出身的解岩用几条线路，把这个难题轻松搞定。"办法总比问题多，没有办法就制造出办法。"不同的是，有时用的是巧办法，有时只能用笨方法解决。

比如，最早进行外出采访时，记者因为看不到受访人，很难将话筒放到合适的位置，这样录出来的效果也一般。但现在经过数千次的练习，他们已经练就了十拿九稳的手艺，不会再犯这样的错。

采访搭档也有讲究，"全盲"和"半盲"组成工作搭档，不管是外出采访还是剪辑录音，效率都会明显提高。在有重大采访时，解岩就担任工作室的"眼睛"，"两拐一杖"（盲杖）的组合，虽然有些吸引路人目光，但为了工作就锻炼得"皮厚"了。

就这样，伴随着问题的解决，成员们的自信一点点增加。

用青风的话说："除了不能看，我们和其他媒体人没有什么两样，只不过要付出更多。"

广播初体验

青风是1+1的主持人，对广播有特殊的感情。小时候眼睛看不见，不能出去玩，家里又没人，只能整天听广播。"收音机就是最亲的东西了。"

他很崇拜白岩松，可对绝大多数残障人士来说，谈梦想、谈选择太奢侈了。

初中毕业后，青风去一所中专学按摩，后来又在北京联合大学取得了针灸推拿专业的学士学位。

若没有加入 1+1，青风和李宁会和其他视障人一样，毫无悬念地成为按摩师。

在成为 1+1 的主持人之前，李宁从北京联合大学针灸推拿专业毕业，成为一名按摩师，但她不甘心一眼就能看到自己 20 年后生活的样子。

现在，她和在 1+1 工作的同事们一样，薪水来自各电台提供的微薄的节目制作费以及基金会提供的少量扶持基金，月收入还比不上一名普通按摩师。

她曾经一度想退出，但是工作的魅力让她着迷。"这是一个可以让我融入正常人生活的平台，而且在这里我可以展示自己，释放感情。"

从零开始，青风和李宁已经成为专业主持人，他们还记得当年首次采访的尴尬经历。

那时 1+1 团队刚刚接受了英国广播制作人为期一周的培训，青风第一次进行街头采访。在马路边，他感到眼前一暗，以为遇到了一个路人，就紧张而迅速地说完了自己的问题，对面却无任何反应。过了一会儿，他怯生生地伸手一摸，才知道面前的"采访对象"是电线杆。

李宁外出采访也不太顺利，有的路人绕行而走，或直接拒绝。这让她很沮丧，觉得尴尬。她的搭档记者艳双也有同样的感受，她把失败原因归于自己是盲人，很自卑，每次外出采访都挣扎着说服自己后才去。不过随着一次次被拒，她们已经习以为常，变得更有耐心了，被拒绝了就迅速寻找下一个采访对象。"加入 1+1之后，生活是有颜色的，每一天都有期待。"

现在，青风已经成为 1+1 的"明星主持"，主持风格富有激情，幽默生动。李宁在担任过几次大型直播节目的主持后，台风变得从容成熟起来，艳双也更加坦然自信。

咱们的残奥会

2008 年残奥会前夕，工作室制作了《爱上残奥》百期广播公益宣传片，在全国 100 多家电台播出。

在残奥会开幕当天，青风在广场上意外地遇到了中国残联主席张海迪，张海迪主动握住了青风的双手："我见过你！"随后她接受了青风的采访。张海迪说："我希望大家都用运动员拼搏的精神，在生活中战胜每一个困难，好好生活，创造美好的生活。"

开幕式当天，当焰火点亮了鸟巢的上空时，青风通过手机激动地向听众们直播他听到的焰火："焰火是流动的，嗖地从天空中划过，然后从四面八方涌来，接着有节奏地一个个绽放，像春天百花怒放的声音。"

"虽然只是部分残障人士走在这个赛场上，但是他们代表了更多的残障人士……"此时直播间的李宁也激动不已，努力保持声音平静，却不断地用手背拭去热泪。

残奥会对他们来说有着特殊的意义。

在接受央视采访时，青风激动地形容自己采访盲人比赛时的心情："虽然作为一个记者要客观地记录，但我总是不能保持客观。

不管是盲人足球也好，盲人门球也好，我觉得那些兄弟们，他们代表我们这个群体展示我们的精神，展示我们的快乐。"

残奥会上很多人第一次观看的比赛项目——轮椅篮球，其中有一条比赛规则让人们不解：在赛场上任何运动员摔跤，没有裁判员的允许，场外人员都不能去搀扶。

有很多观众，看到运动员摔跤后，对这个规则不能理解，很揪心，认为不人性化，要求取消这一规则。更有很多不知道该规则的人在网络上指责志愿者冷血，袖手旁观。

"打篮球的运动员摔倒是常有的事，起来也是很正常的事。你只看到了他在赛场上摔跤，看上去很惨，实际上，在场下练习，他不知道摔过多少次。别说残疾人士篮球运动员，就是健全的运动员，也会在场上摔跤。

为什么没有人去搀扶？其实很简单，人们充分相信他们有自己起来的能力。这也是健全人应该反思的地方，不是志愿者多残忍，规则多残忍，而是你不相信残障运动员有自己起来的能力，因为这种不相信、不了解，导致他们失去了很多机会。"1+1试图发出自己的声音，让大众意识到，还有另外一种观察问题的视角。

在报道残奥会的同时，1+1的广播人也在感受残奥会精神带给他们的转变。

青风在残奥会报道中最开心的一件事：走进北京残奥会比赛场馆，听到"嗒嗒嗒"的高跟鞋声音从远到近，再到远，声音节奏没有变化。

乍听，这让常人无法理解。

再听下去就明白了。以前，青风听到的是从远到近的"嗒嗒嗒"，到了身边却骤然停止，又"嗒嗒嗒"远去，他能想象出那些姑娘们正投来同情的目光。

制作完残奥会系列节目后，青风的收获之一是重新拿起了盲杖。以前，拿盲杖让他觉得有些丢人。现在，依然还会听到戛然而止的高跟鞋声，但他想明白了："看就看呗，没什么了不起。心结打开了，才能真正自由。"

盲人摄影展

2009年6月，三里屯village，北京城中最火的消费场所之一。在这儿，1+1举办了一场特别的摄影展。

墙上挂有近30幅摄影作品：高高跃起的双腿，水滴脱离杯壁的瞬间，通透见底的红色报箱，汽车反光镜，地铁扶手，黑暗中闪烁的数字"6"……和这些作品共同参展的，还有冲洗出凹凸纹理的照片，除了用眼睛，还可以通过触摸来"看到"这些摄影作品。

经过来自英国非营利机构 PhotoVioce 的两名培训师的短暂培训，1+1 的 8 位视障广播制作人，学习把听觉、触觉、嗅觉和味觉感知的世界凝固在照片上，通过影像来搭建盲人和健全人之间的沟通桥梁。

它虽然与广播无关，但承载的意义，也是 1+1 希望抵达的："这是一个表达自己的机会，当你不能往外看时，你会更多地往自己的内心看。"高山说。

事实上，广播也好，摄影展也好，或是为残障人士探索就业新模式……这些都仅仅是过程。重要的是，1+1 已经在发出自己的声音："让你了解残障人士，然后忘掉残障，平视我们。"

解岩这样诠释 1+1 的新含义："1+1 的答案是无穷的，可能大于 2，那是因为合作；可能小于 2，那是因为残障人士与社会的距离拉近了；也可能等于 1，那是因为融合了。只要不固执地认为 1 + 1 = 2 就好。"

创业四年，等待世界的一个拥抱

◎ 艾国永

说服老婆把我们在北京唯一的房子抵押出去，贷款给公司输血，没有想象中那么难。她秒回"同意"，不能不说，这出乎我的意料。

如果她是投资人，那她就是最信任我的那一个。

就这样，在创业四年之后，心无旁骛、全身心投入的那个时刻来临了。

摸爬滚打的四年

至今我还记得四年前的那次路演，我讲了一个"快乐村跑"的小项目。由于知道这个项目商业价值不大，纯属练手性质，所以开门见山地说："我的创业才刚刚开始，尚处于热身阶段，虽然是路演，台下坐着投资人，但我并不想拿钱。"在我看来，没有想清楚要做什么就拿钱是不厚道的。

从 2015 年 2 月创立"马孔多"，到 2015 年 9 月 13 日举办第一届北京百里山水画廊森林马拉松的半年里，我的大脑中闪现过1000 个不靠谱的念头，最后被我一一否定。

过去的四年中，"马孔多"主办了 12 场比赛，这占据了我绝大部分的时间和精力，有骄傲，有庆幸，也有惋惜。曾经，从我们起念要办一场比赛，到全部执行完，仅耗时 45 天。而那时，整个团队无一人有办赛经验，甚至无一人有跑马拉松的经验。

抛开"无知者无畏"，团队强大的执行力值得肯定。我早年学习编剧技巧时获得的构建场景的能力，帮助我进行了有效的赛前推演。办完第一场比赛之后，我和同事落寞地坐在空旷无人的终点的水泥地上，不想吃午饭，不愿意见人。我们深知，我们只是执行完了一场马拉松赛事，但并没有办出一场高水平、受褒奖的赛事。

当我们认识到参加"半马"猝死的概率远高于参加"全马"之后，我们构建了中国"半马"最严密的医疗急救体系：2000 人至 5000 人的赛事，13 台 AED（自动体外除颤器）；前 15 公里，每公里 1 名医疗志愿者；最后 6 公里，每 300 米 1 名医疗志愿者，至今仍是中国"半马"的医疗救援顶配。这一套医疗急救体系的建立，我们自己是最大的受益者。

2016 年 5 月的北京妫河女子马拉松，一个女生在 17 公里处出现状况，被医疗志愿者发现，在 18 公里处强行将她拦下，让她休息、喝水。等医疗志愿者给另一位选手喷完喷雾再照顾她时，她已经满嘴胡话、神志不清了。

我陪她在医院急救了将近 5 个小时，那是我人生中最为煎熬的时刻之一。作为赛事组织者，选手将生命托付于我们，而我们却没能照顾好她；更为重要的是，这是一个年轻的生命，我无法接受她因参加我们组织的比赛而出现意外。

幸运的是，她被抢救回来了，后来我们才得知，她近期减肥，一周没怎么吃东西，再跑马拉松当然极其危险。也幸亏，她参加的是我们组织的比赛，这一套行之有效的医疗急救体系救了她，也保全了我们作为赛事组织者"零生命事故"的清誉。

我们策划和主办的三个"半马"赛事渐成品牌，为我们创业的幸运之地北京市延庆区带来了一些知名度，同时为我们在跑步圈赢得了薄名。

从 2019 年开始，"马孔多"告别了赛事，我们将把精力用在跑步媒体和跑步装备上，聚焦或曰做减法，是我们这样的小企业在发展历程中的必经之路。

过去四年，我们做到了活着，当然一直活得不够好，是个小户人家。现在小户人家要办件大事，要引进人才、广置田地，这都需要钱，于是我把房子抵押了。抵押房子是一种与事业共荣辱的决心，也是一种经过计算与研判之后的信心。

有痛苦，也有释然

2018 年年终述职会，我的主题是"左手流量，右手装备"，做新媒体抓流量，做跑步装备来变现，方向已然清晰。

斟酌再三，我还是把抵押自家房子贷款给公司使用的事情，在全体会上说了，公司资金实力不强的一面就这样主动暴露了。我原来是有担心的，新员工接近四成，会不会因此军心动摇，另谋他就？从目前的反应来看，我低估了他们"共克时艰"的意愿，相反，他们对待工作的投入程度，从工作表现来看是增加了。

透明化办公司，是我们今年在管理上坚持做的事情之一。

说实话，2019 年春节过得并不如意，年前收到一批内裤，出厂价接近 5 万元，经过清点，一半产品不符合质量要求，另一半产品有瑕疵。跟厂家交涉时，由于我们没有货款做筹码，对方要起了流氓，拒接电话，拒回微信，置律师函于不顾。

业务部门提出了一个解决方案：有瑕疵的产品上架低价销售，可以挽回部分损失。我同意了，不过 30 分钟之后我就反悔了。当时已经下班，走在回家的路上，北京冬天的寒冷让我清醒过来。我怎么可以自欺欺人地出售有瑕疵的产品，即便是低价？我们还准备做品牌吗？如果"品牌"二字这么容易被现实左右，那还是趁早放弃吧！

对于我们这样一家小企业来说，5 万元不是一个小数目，就这么不明不白地没了，真是令人心痛；还有一再被我们错过的销售季……接下来，一不做二不休，我将好几款不满意的产品悉数下架。做出这样的决定，有痛苦，也有释然。

消费者不容蒙骗，商业道德比金子更宝贵。如果不把商业信誉放在阳光之下，接受消费者的监督，还谈什么品牌之梦？

多一些阳光普照，就会少一些阴暗死角。

开放的合伙人团队

目前，"马孔多"团队有近 20 人，这是"马孔多"成立四年来人才最为鼎盛的一年，这让我们有资本迎接今年的挑战与考验。

3 月中旬，在公司全体会议上，我晋升张宏达为第四位合伙人。张宏达有"中国跑得最快的小编"的美誉，拿到过青岛马拉松冠军、唐山国际马拉松冠军等荣誉，个人"全马"最好成绩是 2 小时 35 分钟。

这是他人生的第一份工作，他以 3500 元的低薪起步，一步步努力、进步，直到成为"马孔多"跑步新媒体副主编和"马孔多"合伙人。他几乎以个人之力，用了半年时间让"全民跑步"抖音号的粉丝突破了 50 万。

在合伙人这件事上，我的态度是明确的，那就是这扇大门永远敞开，一切认同公司价值观、为公司做出突出贡献的同事，都有机会步入这扇大门。过去、现在和未来，"马孔多"都不会是我一个人的。

今年，我也设定了自己的任务：除了公司的整体管理之外，还要参与公司很多的具体事务，包括承包公司产品的详情页文案、撰写跑步装备测评、开设一个个人标签的抖音号、管理两个公司社群的手机号和"全马破四"等。

属于我的创业时间，好像才刚刚开始。

有一次，跑完步之后，我发了条"朋友圈"：创业，就是以专心业务的诚心、创造价值的诚意，等待这个世界的一个拥抱。

我真是这么想的。

艾国永，"马孔多"创始人，2000年毕业于兰州大学；曾任《新京报》体育新闻主编、高尔夫事业部主任兼主编。

裕固玫瑰

◎ 刘　燕

一

见到柯璀玲，是在她的裕固族特色村寨里。

她跟我们时常见到的逛菜市场、跳广场舞的阿姨没有太大不同：一头卷发，衣着鲜艳，但所处的位置提醒我们，她是一个有故事的人。

裕固族是甘肃特有的少数民族之一，人口约有 1.4 万，信奉藏传佛教，主要从事畜牧业，兼营农业，崇尚骑马和射箭……

说起一屋子展品，柯璀玲滔滔不绝："这件是过去大户人家用的牛皮箱子，这件是我走了很远的路从牧区收来的，这件是我们裕固族过去烧水用的……"

这间 100 多平方米的展厅里，展示着她 40 多年来收藏的裕固族文物的一部分。藏品种类丰富，不乏珍品，但她不以经济价值为判断依据，她最看重的是藏品蕴含的文化内涵。

柯璀玲 14 岁那年，她的母亲指着游牧所需的一些物件说："这些东西，你们以后都用不上啦，可能都不知道是做什么的。"就因为这句话，柯璀玲开始了收藏之旅。

一开始是无心之举，后来她意识到，这些老物件能够直观地反映民族的文化；再后来，她开始抢救性地学习皮雕、刺绣等民族技艺。现在，她掌握了 16 项裕固族传统手艺，是裕固族服饰的国家级非物质文化遗产项目代表性传承人，也是裕固族皮雕的省级非物质文化遗产项目代表性传承人。

她不知道 40 多年后收藏会大热，她的藏品引来数位收藏家的光临品鉴；亦无法预料自己能成为民族"非遗项目"传承人，连上海大世界开业都要邀请她剪彩。

二

初中毕业，牧民的女儿柯璀玲做了"马背上的老师"后，去张掖师范学校学习一年。在这之后，她一直坚持做一件事：准备参加高考。她考了 8 年，终于在 1987 年，考到了西北民族大学油画专业。

我吃了一惊——多少人读书只为找工作，多少人成了家就停止自我成长，可在偏僻的肃南草原，在遥远的 20 世纪 80 年代，柯璀玲有了稳定的工作，成了家，有了娃，还自费去读了大学。

"我是有特困证的，"她笑着说，"大家都知道我收这些东西，哪里有老物件都来跟我说。工资都用到这上面了，虽没有万家账，但也欠了一屁股债。一度听到有人敲门就心慌，生怕是来讨债的。"

带着孩子上大学的艰难自不必说，毕业后，柯璀玲回到肃南县博物馆。

日子就这么波澜不惊，柯璀玲搞收藏，整理裕固族的服饰、饮食、音乐，学习制作皮雕、佩饰，充实而忙碌。

但她一直是"我行我素"的：1992 年，她去深圳参加了中国首届民族民间小型旅游商品博览会，让裕固文化第一次走出甘肃；1993 年，她带着裕固族牙帐，在兰州建立起西北第一家少数民族民俗文化展示景点。

1996 年，柯璀玲听说台湾邀请大陆有手工技能的人赴台展出，就申请办理入台证，直到 1999 年 6 月才办好。转道香港赴台湾前，她身上只剩 1200 元现金。同屋人讨论自己带多少钱过来，有带 3 万的，有带 4 万的，柯璀玲没好意思搭话。

在台湾的第一天，她的产品卖出去很多。收到的有台币，有美元，她躲在厕所里，一边数一边算。晚上，她打电话给家里，哭得泣不成声。她说："我赚钱啦！"又问，"你猜我今天赚了多少钱？""500？"先生猜。"6000 多！"她大哭。这是一个没有人敢相信的数字，但确实是她创造的又一个奇迹。

三

总有一些人是带着使命而生的，于柯璀玲而言，保护、推广裕固族文化，就是她的使命。

退休后，她创办了尧熬尔原生态文化传承有限责任公司——"尧熬尔"是裕固族人的自称。她贷款270万元，修建了裕固族特色村寨。对于这位58岁的老人来说，这是她40余年专注于民族文化的一次成果集合，也是事业的再一次出发，需要从头开始的勇气。

我们总以为，年龄、地域会限制一个人的眼界和思路，但柯璀玲总让人有意外之喜。

说起裕固族皮具，她坚持一定要走手工制作路线——她见过民族手工走机器大生产路子之后的结果，只能是大规模量产，价格下降，手工技艺失传，这是她不愿意看到的；她忧心民族的语言、技艺失传，办了培训班，邀请年轻人参加；她穿的衣服既得体、时尚，又有裕固族元素，是她自己的工作室设计制作的，她尝试用时尚、亲切的方式让裕固族文化融入现代人的生活。

在现在的肃南裕固族自治县，年轻人结婚，会穿上民族服饰拍照，而非像前些年那样拍西式婚纱照；越来越多的人认可了柯璀玲和她的努力；每年夏季，有来自全国各地，包括台湾、香港的年轻人，住进原生态民族村寨的牛头帐篷里，感受裕固族风情。

这一切，都起源于一个 14 岁少女的率性之举。

她让我们相信：出发，总会有所抵达；探索未知，前方常常有美好的意外相伴。

传递正确的知识，

并且能够把这些知识用最好的方式呈现，

这一点，我是有使命感的。

丹心挥洒新愿 /

赵闯：恐龙爸爸重述地球

◎ 陈　敏

画这只长羽毛的恐龙，需要全神贯注 18 个小时

在网络上看赵闯的照片，头发短而整齐，目光深邃，确实是科学家的样子。

在北京望京，走进他位于二楼的办公室时，他正在工作，T恤配牛仔裤，头发长了，胡子拉碴，倒像个 IT 业宅男。据楼下他的同事说，他是全工作室最勤奋的人，平均每天工作 15 个小时。我跟他求证时，他笑了："喜欢这个工作，就跟玩儿似的，没觉得咋的。"

屋子不小，可是摊上"恐龙"，就显得局促了。

桌上摆着跟恐龙、考古、化石等方面有关的各种书籍，又厚又旧；地上是他做的第一批恐龙模型——他还做了 1∶1 的恐龙

雕塑，放在郊区仓库；中间的画架上夹着一张恐龙素描；书架下的几个箱子里，塞满了这个工作狂的作品。

赵闯坐在这个略显拥挤的恐龙世界里，对着电脑，画一只像鸵鸟的"似鸵龙"。他放大了这只恐龙的左腿部分，用压杆笔在数位板上一次次点压，重复同一个动作，给这只恐龙添上成千上万根细小的绒毛。画这只恐龙，需要全神贯注 18 个小时。

我问："你没有找过助手吗？"

他笑："我从来都是自己动笔，我不讨厌这个过程。"

这只恐龙是为将于 2016 年 3 月在美国自然历史博物馆举办的一次画展而创作的，画展的主题为"长羽毛的恐龙"。跟以前间接参与的展览不同，这次展览他是主创画家，从策划阶段就介入。每一幅画稿，他都要和该馆古生物部主任马克·诺瑞尔博士反复沟通，对于存在争议的部分，要随时根据相关科学研究的最新数据来做调整。

年仅 30 岁的赵闯，多年来为古生物化石提供科学复原支持，成为中国唯一以此为职业的艺术家，并当选为"2014 中国科学年度新闻人物"。

7 岁时，他自学画恐龙；21 岁时他和中国科学院几位专家合作完成的作品《远古翔兽》登上英国《自然》杂志封面。

2010 年，赵闯和搭档、童话作家杨杨创办了一家科学艺术研究机构——啄木鸟科学艺术小组，陆续与全球多个知名科学机构合作，又和杨杨发起"达尔文计划——生命美术工程"，让1000多种古生物重新在绘画里复活，穿越岁月，出现在各种书籍和展览里。每一只恐龙都栩栩如生，你似乎能听见它们奔跑或倒下时的声音。

赵闯一边和我聊，一边继续画那只似鸵龙。他是新时代的恐龙爸爸，眼睛只关注那只越来越有灵气、随时要跃屏而出的大型动物。

掌握更多技能，才能到达那些神秘迷人的地方

小时候，赵闯以为长大后的自己会像父亲一样，在辽宁沈阳苏家屯当个铁路工人。那时，他看着巨龙般的蒸汽火车喷着白烟扬长而去，总有一种"火车最厉害"的兴奋感。

上小学时，他爱上了电视里的鲸鱼和鲨鱼，它们灵活地嬉戏于蔚蓝色的大海，"优美得不行"。有一天，他捧着《十万个为什么》，翻过鲸鱼这一面，突然看傻了：一只霸王龙扑面而来，注解是"地球上出现过的最厉害的动物"。

这是他第一次看到恐龙，原来，传说都是真的。之后，他在区图书馆里读完了所有关于恐龙的图书，总盼着能去四川自贡，看看中国第一座恐龙博物馆（可惜这个愿望至今无暇实现，他太忙了）。

高中时，赵闯发挥绘画天赋，自学了油画，"把一件衣服绷在木框上，用豆油调色，画了一只褐色的角鼻龙"。

18岁，赵闯考入东北大学平面设计系。大学期间，他修过心理学、生命进化学、物理学和高等数学的简单理论。父母曾为他没有选择艺术系感到遗憾，可是他觉得，绘画技能只是一种途径，通往哪里、表达什么，更为重要。他需要掌握更多技能，才能到达那些神秘迷人的地方。

所以，他才能画别人不能画的东西，比如被放大无数倍之后的细胞，比如复杂、有着自身逻辑及秩序性的机械运动，还有他始终迷恋的恐龙。

这个工作看不到尽头，但是，我喜欢

大一下学期时，赵闯自学了电脑绘图，他买了第一块数位板，也开始更深更透地研究恐龙。他总泡在国外博物馆的网站上，研究各种恐龙化石的照片，自学解剖知识，区别一些特别容易混淆的骨架。不同恐龙的骨骼结构、肌肉纹理、鳞片的排列方式、脚趾有几个骨节……这些知识点，都是他一点一滴通过自学得来的。

国外网站是全英文的，关于恐龙的部分还时常夹杂拉丁文，赵闯边翻词典边记录，每天花几小时时间看英语论文，渐渐积累了一套"古生物英语"。去年，马克博士来到中国，他们同坐一辆出租车，寒暄的话，赵闯完全听不懂，于是他磕磕巴巴地问："请问沧龙的舌头，也像蜥蜴的一样分叉吗？"之后，两人从沧龙聊到三角龙，相谈甚欢。赵闯松了口气：总算能聊上了。

让赵闯声名大振的作品，是《远古翔兽》。

那是 2006 年，赵闯常在中科院的 BBS 上上传各种恐龙的彩铅素描。他既懂科学，又通艺术，中科院的研究员汪筱林发现他后，如获至宝。他希望赵闯为他们即将发表在《自然》杂志上的论文《最早的飞翔者——远古翔兽》画一幅复原图，将研究成果具象化。之前，他们只能配发缺乏表现力的化石照片。

那两个月，赵闯仔细研究对方发来的化石图片，测量后确定其骨骼大小、比例、牙齿形状等，构建出恐龙的骨骼复原图，然后进行更艰难的肌肉复原步骤……草稿完成，他再与科学家们反复讨论、定稿。

当他的作品发表在世界一流的科学杂志上时，他才读大三。

"回头看，是这件事确定了我的方向。如果我画完了没有用途，可能也难以长时间维持这么浓厚的兴趣。"

如今，他已经画过 1000 多种恐龙，手稿无数，和杨杨合作出版过《我有一只霸王龙》《杨杨和赵闯的恐龙物语》《跟赵闯学画恐龙》《恐龙大王》等多种图书、杂志，他本人最喜欢的是大型画册《它们：恐龙时代》。

"我的理想是重述地球，完成更多的古生物化石的形象复原。46 亿岁的地球，一端是已经消逝的世界历史，恐龙就是一道昔日的风景；另一端则是人类想象力的尽头，有科学理论支撑、具有高等智慧生命的星球。

我希望有机会连接这两端，让恐龙活在我创造的生态空间里。

这个工作看不到尽头，但是，我喜欢。"

恐龙并没有灭绝

Q：电影《侏罗纪公园》里出现的恐龙从没有过五彩缤纷的羽毛。你画的这只恐龙不仅有羽毛，尾巴上还出现了白色的环形花纹……你们是如何求证的？

赵闯：电影里的恐龙如果都有颜色，可能就不是恐怖片了，因为不可怕了。这一只是在中国最早发现的羽毛恐龙——中华龙鸟。当时中科院研究了它的化石标本，高倍放大之后，发现化石中残留了黑素体，这是一种羽毛里的微型结构，不同的黑素体会让羽毛、皮肤等颜色各异。跟现在的鸟类比对后，发现这种恐龙的颜色是一种偏枣红色的黄褐色。

虽然恐龙化石保存得非常完整，但以前，科学家们找不到有关恐龙颜色的线索。这只中华龙鸟应该是世界上第一只按照正常颜色画的恐龙，它的尾巴上有九条花纹，橙白两色相间，这个在化石原件上就有，颜色有比对。

Q：那屏幕上的这只"鸟"呢？它头上有亮红色羽毛，周身羽毛黑白相间，与人们想象中的恐龙大相径庭。

赵闯：这是近鸟龙。2009 年 9 月，中国科学家在辽宁省建昌县发现了带毛恐龙化石，距今有 1.6 亿年。它的化石骨架上清晰地分布着羽毛的印痕，这也是迄今为止发现的世界上最早的带毛恐龙化石，填补了恐龙向鸟类进化史上关键性的空白。顺便科普一下，中国的恐龙化石挖掘数量是全世界第一位，恐龙研究也是第一。而且，恐龙并没有灭绝。

Q：那么，没有灭绝的恐龙，现在在哪里？

赵闯：传统观念认为，恐龙是一身鳞的爬行动物。1995 年，人们发现了中华龙鸟，这 20 年来，科学家在辽宁发现了大量有羽毛的恐龙的化石，他们这才知道，大多数恐龙其实是覆盖着羽毛的，而且，恐龙的骨骼结构和现在的鸟类基本没有太大的区别。像迅猛龙浑身都是羽毛，再往后进化，就是翅膀更大的小盗龙，再后来出现的物种，尾巴、牙齿都退化了，就是孔子鸟，也是目前已知的最早的鸟类，接下来就是现代鸟类。有一种观点认为，从分类学上来说，现在的鸟类基本属于恐龙的分支演化。

Q：有意思。听说世界上最大的恐龙、最小的恐龙都在中国。你参与了它们的艺术复原工作吗？

赵闯：最大的恐龙是"巨型汝阳龙"，2006 年在河南省汝阳县被发现，骨架长 38.1 米，肩部高 6 米。据专家推测，它活着时体重重达 130 吨，相当于 20 头成年大象。它的复原骨架曾在北京自然博物馆做过展览。

我也参与了一些工作，每块骨头的整理汇总，包括最后的成稿，都是我独立完成的。我没有助手，想找一个懂恐龙骨骼又会画画的人特别难。我原来也找过，试着让他们画些东西，就这几根骨骼线，他们一画就错，没办法。

做科学艺术家，一定要尊重事实

Q：你根据科学家提供的化石材料来精准复原恐龙，目前复原了大概有多少种？

赵闯：这种精准的，大概有几百种。人们发现的 1500 多种恐龙，大多数我都画过，然后海洋爬行动物、哺乳动物也画了几千种……反正所有作品加起来，几万张打不住。

Q：做科学艺术家，最重要的原则是什么？

赵闯：一定要尊重事实。就像达·芬奇画那些精准度惊人的解剖图时，他的目的很简单：好奇，满足求知欲——人到底是什么样的？大脑是如何控制整个神经系统的？之前没人研究过。这是科学家的一种态度。无论如何，你都要按照事实描绘，是写实作品。

你画细胞，画分子结构，画太空宇宙……不管你画什么题材，首先要客观反映它的真实情况，就是用最优秀的艺术手段去记录科学。反过来，这项科学研究对艺术的价值是什么？比如人体画，我不借助任何手段，就用这些经验，就能够把人体画得精准，比以往的画家更出色、更高效，这是达·芬奇那个时代对于科学艺术的应用。我们这个时代，科学艺术的优势，在于能展示现代技术无法呈现的东西。比如说黑洞，那个东西，你无论如何也拍不到。人如果有机会站在 500 米外去看一个黑洞，它是什么情形？

它不给你接近点。

Q：你画过黑洞吗？

赵闯：我没画过。我对天体特别感兴趣，但是一直没有机会画。我经常画的，还有人体细胞。

Q：为什么会对细胞感兴趣啊？

赵闯：其实所有东西我都感兴趣。我给国外的科学杂志CELL（《细胞》，生命科学排名第一的杂志）画过一期封面。各种细胞，有普通的胶质细胞、干细胞……我觉得细胞也很美，画了好几个版本，还画过癌细胞如何吞噬别的细胞。

传递正确的知识，并用最好的方式呈现

Q：你跟杨杨合作多年，关于如何用恐龙故事来做科普，彼此有沟通吗？

赵闯：有，我们的合作也很有意思，她要根据某幅画去写一篇文章出来，尽量再现当时的场景。比如在内蒙古发现过一块恐龙化石，考证发现，当时的情形是有两只恐龙正在沙漠里搏斗，结果大沙丘倒了，把它们埋了。当时，一只恐龙还咬着另一只恐龙的爪子，另一只就拿爪子套着对方的脖子……就是这种细节，我画出来，她再写个故事。目前我感觉最好的是《它们：恐龙时代》，文字恰到好处，描写唯美，选的图也是我这些年来画得比较不错的。这种大画幅的书，在国内也是史无前例的。

Q：你现在的主业是什么？

赵闯：主业就是画这些东西。我非常幸运有这个团队，我一个人画画，然后大家把这些作品变成出版物甚至是玩具。所以我才能这么"悠闲"，专注于画画。

Q：你做的事情，让大家更了解恐龙，是否也希望有更多的人同路？

赵闯：当然希望，但是很难。

我很希望有一群人，大家成天一起玩儿，去创作这些东西。我搞恐龙雕塑也是玩儿，反正无知者无畏，我也不指望自己成为一个雕塑家。但是，这事儿没办法说服谁来加入，你说这件事更有意义，比挣钱要靠谱，那谁也不信。所以，还是顺其自然，没有办法把这样的观念强加给谁。

我用这么大的耐心把恐龙画出来，希望能够达到好的传播效果，对中国的科普事业有一定的影响，在科普界有一点点地位……如果大家能看到这一点，能从中学到点儿什么就好。传递正确的知识，并且能够把这些知识用最好的方式呈现，这一点，让我很有使命感的。